ORGUEIL
ET
PREJUGÉ.

IV.

GENÈVE, DE L'IMPRIMERIE DE J. J. PASCHOUD.

ORGUEIL

ET

PRÉJUGÉ.

PAR L'AUTEUR DE RAISON ET SENSIBILITÉ.

TRADUIT DE L'ANGLOIS.

TOME IV.

PARIS,
J. J. PASCHOUD, LIBRAIRE,
RUE DE SEINE, N.° 48.

GENÈVE,
MÊME MAISON DE COMMERCE.

1822.

ORGUEIL
ET
PRÉJUGÉ.

CHAPITRE PREMIER.

Deux jours après le retour de leur père, Jane et Elisabeth se promenant dans le verger, derrière la maison, virent venir à elles la femme de charge de leur mère.

— Je vous demande pardon, Madame, dit-elle à Jane, mais je croyois que vous aviez reçu quelques bonnes nouvelles de la ville, et j'ai pris la liberté de venir vous le demander.

— Vous vous trompez, Hill, nous

n'avons point reçu de nouvelles de la ville.

— Chère Madame, s'écria Mistriss Hill extrêmement surprise ; ne savez-vous pas qu'il est arrivé un exprès de Mr. Gardiner pour mon maître ?

Les deux sœurs, trop pressées de savoir ce que c'étoit, ne lui en demandèrent pas davantage, et se mirent à courir vers la maison, traversèrent le vestibule, entrèrent dans la salle à manger, puis dans la bibliothèque ; mais leur père n'étoit nulle part ; elles alloient le chercher dans l'appartement de Mistriss Bennet, lorsqu'elles rencontrèrent le sommelier, qui leur dit :

— Si ces dames cherchent mon maître, elles le trouveront près du petit bois où il se promène.

Sur cet avis elles sortirent de la maison, et coururent vers le petit bois. Jane n'étoit pas si leste qu'Elisabeth, qui arriva toute essoufflée auprès de son père, en s'écriant :

— Ah, mon père ! quelles nouvelles avez-vous reçues de mon oncle ?

— J'ai reçu une lettre de lui par un exprès.

— Quelles nouvelles donne-t-elle ? bonnes, ou mauvaises ?

— Que peut-on attendre de bon ? dit-il en sortant la lettre de sa poche ; peut-être désirez-vous la lire ? Elisabeth la saisit avec vivacité ; Jane, qui étoit restée un peu en arrière, arriva alors.

— Lisez-la haut, leur dit Mr. Bennet, car je sais à peine moi-même ce qu'elle contient.

Grace-Church-Street, lundi 2 Août.

« Mon cher frère,

» Je puis enfin vous donner des nouvelles de votre fille, et j'espère qu'elles vous procureront quelque satisfaction. Samedi, peu de temps après que vous m'eûtes quitté, je fus assez heureux pour découvrir le lieu où se cachoient nos fugitifs. Je réserverai les détails pour le moment où nous nous reverrons; il suffit maintenant que vous sachiez que je les ai découverts; je les ai vus tous les deux. »

— C'est donc comme je l'avois toujours assuré? s'écria Jane, ils sont mariés.

Elisabeth poursuivit sa lecture : « Je les ai vus tous les deux, ils ne sont pas mariés, et même il ne m'a pas paru qu'ils eussent l'intention de s'unir. Mais si vous voulez remplir les engagemens que je me suis hasardé à prendre pour vous, j'espère qu'il ne se passera pas long-temps avant qu'ils le soient. On vous demande d'assurer à Lydie, par contrat, sa part des cinq mille livres qui doivent revenir à vos enfans après votre mort et celle de leur mère; et, en outre, de prendre l'engagement de lui donner pendant votre vie une rente de cent guinées par an :

voilà les conditions auxquelles, après avoir tout considéré, je n'ai pas hésité d'acquiescer, d'après les pouvoirs que vous m'avez accordés. Je vous envoie ceci par un exprès, afin qu'il n'y ait pas de temps perdu pour recevoir votre réponse. Vous comprendrez facilement, par ces arrangemens, que Mr. Wikam ne se trouve pas dans une position aussi désespérée qu'on le croyoit généralement; et je me trouve heureux de pouvoir ajouter, que lorsque toutes ses dettes seront payées, il restera encore quelque argent qu'on pourra reconnoître à Lydie, outre sa propre fortune. Si, comme je l'espère, vous m'autorisez à terminer cette affaire en votre nom, je donnerai de suite à Haggerston les ordres pour dresser le contrat; vous n'aurez point besoin de revenir à la ville pour cela ; restez paisiblement à Longbourn, et comptez sur ma diligence et sur tous mes soins. Répondez-moi le plutôt que vous pourrez, et expliquez-vous clairement. Nous avons jugé plus convenable que votre fille sortît de notre maison pour aller se marier ; elle doit venir aujourd'hui demeurer avec nous ; j'espère que vous approuverez cette mesure. Je vous écrirai aussitôt que la chose sera terminée.

» Votre, etc. etc.
» EDWARD GARDINER. »

— Est-il possible ! s'écria Elisabeth lorsqu'elle eut fini la lettre, est-il possible qu'il l'épouse ?

— Wikam n'est cependant pas aussi corrompu qu'on nous le représentoit, dit Jane avec joie ; mon cher père, je vous félicite de ces nouvelles !

— Avez-vous répondu à cette lettre ? demanda Elisabeth.

— Non, mais ce sera bientôt fait.

Elle l'engagea avec instance à ne pas perdre un instant.

— Oh! mon cher père, s'écria-t-elle, retournons à la maison, et écrivez tout de suite ; considérez combien le temps est précieux.

— Permettez-moi d'écrire à votre place, dit Jane, c'est une peine pour vous.

— C'est une très-grande peine, dit-il, mais je dois le faire. En parlant ainsi, il se dirigea avec elles vers la maison.

— Oserois-je vous demander si vous acceptez ces conditions ?

— Les accepter ! je suis seulement honteux qu'il demande si peu !

— Et cependant c'est un homme....

— Oh oui ! Il faut qu'ils se marient; cela ne peut pas être autrement. Mais il y a deux choses que je voudrois savoir : l'une, c'est combien d'argent votre oncle a donné pour en venir à bout ; et l'autre, comment je pourrai jamais le payer.

— Donné de l'argent, mon oncle !

s'écria Jane ; mon Dieu, Monsieur, que dites-vous ?

— Je dis qu'aucun homme dans son bon sens n'épousera Lydie, pour le léger avantage d'avoir cent guinées de rente pendant ma vie et cinquante après ma mort.

— C'est vrai, dit Elisabeth, ses dettes sont payées, et il lui reste encore quelque argent ; cela ne peut être dû qu'à mon oncle Généreux, excellent homme ! Je crains qu'il ne se soit bien dérangé pour cela ; une légère somme n'auroit pas suffi.

— Non, dit son père, et Wikam est un fou s'il l'épouse pour un sol de moins que dix mille livres. Je serois bien fâché d'être obligé d'avoir une si mauvaise opinion de lui dès le commencement de notre parenté.

— Dix mille livres ! Grand Dieu ! comment pourrez-vous jamais rembourser une pareille somme ?

Mr. Bennet ne répondit point. Arrivés à la maison, le père entra dans son cabinet, et les deux sœurs dans le salon à manger.

— Et ils seront vraiment mariés! dit Elisabeth dès qu'elles furent seules. C'est étrange! nous devons en être bien satisfaites; quelque légère que soit la chance de bonheur qu'elle puisse attendre, quelque peu estimable que soit le caractère de son époux, nous devons cependant nous en réjouir. Oh! Lydie, Lydie!

— Je veux espérer, dit Jane, qu'il n'épouseroit pas Lydie, s'il n'avoit pas une véritable tendresse pour elle, malgré tout ce que mon bon oncle eût pu faire pour l'aider à payer ses dettes. Je ne puis croire qu'il ait donné dix mille livres; il a quatre enfans, il peut en avoir d'autres encore.

— Si nous pouvions savoir à combien se montoient les dettes de Wikam, et combien l'on attribuera à ma sœur, nous saurions alors exactement ce que mon oncle a fait pour elle, car Wikam n'avoit pas un sol; mais nous ne pourrons jamais reconnoître la bonté de mon oncle et de ma tante: la recevoir chez eux, la prendre sous leur protection dans la position où elle s'est mise, sont des sacrifices que des années de reconnoissance ne sauroient acquitter; si tant de bonté ne la fait pas rentrer en elle-même, elle ne mérite pas d'être heureuse. Quel moment que celui où elle reverra ma tante!

— Il faudra faire tous nos efforts pour oublier ce qui s'est passé; j'espère et je crois qu'ils seront heureux. Wikam est revenu à de meilleurs sentimens, son consentement d'épouser Lydie en est la preuve; leur affection mutuelle les affermira dans la vertu, et je me flatte qu'ils vivront d'une manière si sage, si raisonnable, qu'ils feront oublier leur conduite passée.

— Leur conduite a été telle, répondit Elisabeth, que ni vous, ni moi, ni personne ne pourra jamais l'oublier.

Elles pensèrent tout-à-coup que leur mère ignoroit encore le contenu de la lettre de Mr. Gardiner; elles rentrèrent dans la bibliothèque pour demander à leur père s'il ne falloit pas le lui apprendre; il écrivoit et répondit froidement : Tout comme vous voudrez.

— Pouvons-nous prendre la lettre de mon oncle pour la lui lire ?

— Prenez tout ce que vous voudrez et allez-vous-en.

Elisabeth prit la lettre sur son bureau, et elles montèrent chez leur mère où étoient Mary et Kitty. La lettre fut lue à haute voix. Mistriss Bennet pouvoit à peine se contenir; sa joie éclata lorsqu'elle entendit que Mr. Gardiner espéroit que Lydie seroit bientôt mariée; elle augmentoit à chaque ligne, et maintenant ses transports étoient aussi violens que ses craintes et son accablement l'avoient jamais été : c'étoit assez pour elle de savoir que sa fille seroit bientôt mariée ; elle n'étoit troublée par aucune inquiétude sur son bonheur à venir, ni affligée par le souvenir de sa mauvaise conduite passée.

— Ma chère Lydie ! s'écrioit-elle, je la reverrai mariée ! Mariée à seize ans, c'est vraiment délicieux ! Mon bon, mon excellent frère ! Je pense qu'il arrangera le tout pour le mieux ! Oh ! que je languis de la revoir ! et ce cher Wikam aussi !.. Mais les habits de noces ! Il faut que j'écrive à ma sœur Gardiner pour cela. Lizzy, descendez promptement vers votre père ; demandez-lui combien il veut donner pour son trousseau ? Attendez, j'irai moi-même, ce sera mieux. Sonnez, Lizzy ; que la femme de chambre vienne, je serai bientôt habillée. Ma chère, ma chère Lydie ! comme nous serons heureuses lorsque nous nous reverrons!

Jane voulut essayer de réprimer un peu la vivacité de ses transports en lui représentant les obligations que leur imposoit la généreuse conduite de Mr. Gardiner.

— Nous devons en grande partie cet heureuse issue à son excessive bonté; nous sommes persuadées qu'il a fait de grands sacrifices d'argent pour aider Wikam à payer ses dettes et l'engager à épouser Lydie.

— Eh bien, s'écria sa mère, c'est fort juste! Qui feroit cela, si ce n'étoit un propre oncle? Vous savez bien que s'il n'avoit pas eu d'enfans, c'est moi et les miens qui aurions hérité de sa fortune, et, à part quelques présens, c'est la première fois que nous ayons reçu quelque chose de lui. Maintenant je suis contente! bientôt j'aurai une fille mariée. Mistriss Wikam! cela sonne bien! Elle a eu seize ans au mois de Juin dernier. Ma chère

Jane, je suis dans une telle agitation, que je ne pourrai sûrement pas tenir la plume; je vous dicterai et vous écrirez pour moi. Nous conviendrons ensuite avec votre père de l'argent qu'il voudra donner; mais il faut commander tout de suite ce qui est nécessaire.

Elle alloit s'occuper de calicots, de soieries, de mousselines, etc., et auroit tout de suite préparé un superbe trousseau, si Jane ne lui avoit pas fait comprendre, non sans peine, qu'il falloit auparavant consulter son père; elle lui observa qu'un jour de retard n'étoit pas d'une grande importance; et sa mère, trop heureuse dans ce moment pour être tout-à-fait aussi obstinée que de coutume, consentit à prendre patience. D'autres idées lui passèrent alors par la tête.

— Je veux aller à Méryton dès que je serai habillée. Je veux apprendre moi-même ces bonnes nouvelles à ma sœur

Phillips ; en revenant, je passerai chez Lady Lucas et chez Mistriss Long. Kitty, descendez et demandez la voiture ; une promenade me fera beaucoup de bien, j'en suis sûre. Mes enfans, avez-vous quelques commissions à me donner pour Méryton ? Arrivez donc, Hill ! Ma chère Hill, savez-vous les bonnes nouvelles ? Miss Lydie va être mariée ! et vous aurez un bol de punch pour vous réjouir le jour de ses noces !

Mistriss Hill commença à exprimer toute sa joie et fit toutes ses félicitations. Elisabeth, oppressée de tant de sottises, courut se réfugier dans sa chambre, où elle put s'abandonner à ses réflexions. La situation de la pauvre Lydie étoit bien fâcheuse, mais il falloit se féliciter qu'elle ne fût pas pire encore ; elle le sentoit bien, et quoiqu'elle ne pût espérer de voir sa sœur heureuse dans l'avenir, cependant elle bénissoit le Ciel de ce qu'elle avoit échappé au plus grand des malheurs.

CHAPITRE II.

M. Bennet avoit toujours désiré de pouvoir mettre annuellement quelque argent de côté, pour subvenir aux besoins de ses enfans et de sa femme si elle lui survivoit, mais il ne l'avoit pas pu; maintenant il le regrettoit plus vivement que jamais, car Lydie n'auroit pas été redevable à d'autres qu'à son père de l'honneur qu'on venoit de racheter pour elle, et la satisfaction d'avoir forcé un des jeunes gens les plus dépravés de l'Angleterre à être son mari, lui auroit appartenu.

Il étoit vraiment affligé d'avoir une si grande obligation à son beau-frère, et étoit bien décidé à chercher les moyens de se décharger le plutôt qu'il pourroit de cette dette.

Lorsque Mr. Bennet s'étoit marié, l'espérance d'avoir un fils lui avoit fait regarder l'économie comme fort inutile, car alors la substitution de la terre de Longbourn devenoit nulle, et toute la famille de Mr. Bennet restoit dans l'aisance ; mais cinq filles étoient arrivées. Long-temps après la naissance de Lydie, on espéroit encore ce fils si désiré ; et lorsqu'on fut enfin obligé de renoncer à cet espoir, il étoit trop tard pour économiser ; d'ailleurs Mistriss Bennet n'y étoit nullement portée, il avoit même fallu toute la fermeté de son mari pour l'empêcher de dépenser au-delà de leur revenu.

Cinq mille livres étoient assurées, par contrat de mariage, à Mistriss Bennet et à ses enfans, mais la volonté des parens devoit seule régler la manière dont les cinq mille livres seroient partagées entre ces derniers. C'étoit un point qu'il falloit fixer maintenant, du moins à l'égard de Lydie, et Mr. Bennet n'hésitoit point à consentir aux propositions qu'on lui faisoit ; il mettoit alors sur le papier, dans les termes les plus concis et avec l'expression de la plus vive reconnoissance pour son frère, son entière approbation à tout ce qu'il avoit fait, et la promesse de remplir tous les engagemens qu'il avoit pris pour lui. Il n'avoit jamais espéré qu'on pût engager Wikam à épouser Lydie, surtout sans de plus grands sacrifices que ceux qu'on lui demandoit. Ce qui lui paroissoit le plus agréable dans cette affaire, c'étoit que tout cela se fût arrangé sans presque aucune peine de sa part, car, après les premiers transports de colère qui l'avoient porté à se mettre à la poursuite des fugitifs, il avoit repris son indolence habituelle, et son désir le plus vif étoit de s'occuper le moins possible de ce sujet. Sa lettre fut bientôt terminée; quoique extrêmement lent à prendre une résolution, il étoit prompt à l'exécuter. Il demandoit qu'on lui fît connoître en détail les obligations qu'il avoit à son frère, mais il étoit trop fâché contre Lydie pour lui donner la moindre marque d'amitié.

La nouvelle du mariage de Lydie se répandit bientôt dans tout le voisinage, et y fut même reçue avec une apparence de satisfaction, honorable pour les bonnes âmes de la société; car il auroit été certainement beaucoup plus avantageux pour la conversation, que Miss Lydie Bennet n'eût pas été si vite retrouvée, que le scandale que sa conduite avoit produit eût duré un peu plus long-temps, qu'elle eût été tout-à-fait abandonnée de son ravisseur, rejetée de ses parens et reléguée dans quelque ferme éloignée. Cependant, comme son mariage avec un homme aussi décrié ne paroissoit pas devoir lui assurer une grande chance de bonheur, les vieilles et malignes femmes de Méryton pouvoient encore faire beaucoup de vœux pour son amendement, et pour qu'elle ne fût pas punie trop sévèrement de sa faute dans l'avenir.

Il y avoit plus de quinze jours que Mistriss Bennet gardoit la chambre, mais dès qu'elle eut reçu ces bonnes nouvelles, elle reprit sa place au haut de la table, avec une expression de bonheur et de joie parfaite. Aucun sentiment de honte pour Lydie n'obscurcissoit son triomphe; le plus ardent de ses vœux, celui d'avoir une fille mariée, alloit être accompli; et toutes ses pensées, tous ses discours rouloient sur les brillans accessoires d'une noce, les toilettes, les équipages et les livrées. Elle étoit très-occupée à chercher une jolie maison pour sa fille dans le voisinage de Longbourn, et en dédaignoit plusieurs comme mal situées et point assez jolies, sans demander seulement quelle seroit la fortune des nouveaux mariés.

— Haye-Park leur conviendroit assez, disoit-elle, si les Goldings vouloient le quitter ; ou bien la belle maison de Stoke, mais le salon n'est pas assez grand; Alsworth est trop éloigné, je ne pourrois supporter l'idée que Lydie demeurât à dix mille de Longbourn. Quant à Parvis-Lodge, les attiques sont horribles!

Son mari la laissa parler sans interruption, tant que les domestiques furent présens ; mais lorsqu'ils se furent retirés, il lui dit :

— Mistriss Bennet, avant que vous arrêtiez une maison pour votre fils et votre fille, je dois vous parler franchement. Je ne leur permettrai jamais de s'établir dans notre voisinage, je ne veux pas encourager ainsi leur impudence.

Une longue dispute suivit cette déclaration. Mr. Bennet resta ferme ; cela fit naître une autre contestation qui ne fut pas moins vive, et Mistriss Bennet vit avec horreur que son mari ne vouloit pas avancer une seule guinée pour acheter un trousseau à Lydie. Il protesta que dans cette occasion elle ne recevroit pas de lui une seule marque de tendresse. Mistriss Bennet ne pouvoit comprendre que son ressentiment contre sa fille fût assez fort pour le porter à lui refuser une chose sans laquelle son mariage seroit à peine valide. Elle étoit beaucoup plus sensible au mauvais effet que produiroit un mariage sans trousseau, qu'à la honte qu'auroit dû lui inspirer la fuite de Lydie avec Wikam.

Elisabeth regrettoit vivement d'avoir fait connoître à Mr. Darcy, dans le premier moment de sa douleur, toutes les craintes qu'elle avoit eues sur le compte de sa sœur, son prompt mariage donnant l'espérance de pouvoir cacher, au moins à ceux qui n'étoient pas sur les lieux, les événemens qui l'avoient précédé. Quoiqu'elle ne craignît pas qu'il en répandît le bruit, puisqu'elle comptoit sur sa discrétion plus que sur celle de personne au monde, il n'y avoit cependant personne à qui elle eût plus désiré de cacher les fautes de sa sœur; mais, hélas! qu'importoit maintenant? Un abîme sembloit s'être ouvert entre-eux et les séparer pour jamais. Lors même que le mariage se fût fait sans avoir été précédé d'un tel scandale, on ne devoit pas supposer que Mr. Darcy voulût s'allier avec Wikam, et devenir le beau-frère de l'homme qu'il méprisoit le plus et à si juste titre. La lueur d'espérance qu'elle avoit eue de regagner son estime et son affection ne pouvoit résister à un tel coup; et c'étoit lorsqu'il paroissoit certain qu'elle ne le reverroit jamais, qu'elle apprécioit le plus le bonheur d'être aimée de lui et de devenir la compagne de sa vie.

— Quel triomphe pour lui! pensoit-elle souvent, s'il pouvoit savoir que les propositions que j'ai rejetées avec tant de mépris il y a quatre mois, seroient reçues maintenant avec autant de plaisir que de reconnoissance!

Elle se persuadoit tous les jours davantage, que c'étoit précisément l'homme qui lui auroit le mieux convenu par ses qualités et sa manière d'être; son esprit et son caractère, quoique bien différens du sien, répondoient cependant à l'idée qu'elle se faisoit de l'homme qu'elle auroit pu aimer. C'étoit une union qui auroit fait le bonheur de tous deux; Elisabeth pensoit qu'elle auroit adouci la sévérité de Darcy par sa gaieté; tandis que lui, par son jugement et sa connoissance du monde, auroit pu lui servir de guide. Mais elle ne devoit plus espérer qu'un mariage si heureux vînt présenter à la multitude étonnée le tableau de la véritable félicité conjugale. Une union bien différente alloit avoir lieu dans la famille et devoit mettre un obstacle invincible à l'accomplissement de ses vœux. Elle ne pouvoit comprendre comment on pourroit procurer quelque indépendance à Lydie et à Wikam, mais elle devinoit facilement combien peu de bonheur devoit espérer un couple qui n'étoit uni que parce que ses passions étoient plus fortes que sa vertu.

Peu de temps après avoir écrit à Londres, Mr. Bennet reçut une nouvelle lettre de Mr. Gardiner. Il répondoit très-brièvement aux remercîmens de son frère par des assurances de l'intérêt qu'il portoit à toute sa famille, et finissoit en le priant de ne plus parler de ce sujet. Le but principal de cette lettre étoit de l'instruire que Mr. Wikam s'étoit décidé à

Tom. IV.

quitter le service ; voici comment il s'exprimoit à ce sujet :

« Je désirois extrêmement qu'il le fît aussitôt que son mariage seroit décidé ; et vous penserez tout comme moi qu'il étoit impossible, soit pour lui soit pour Lydie, qu'il restât dans le régiment de ** après le scandale qu'avoit occasionné leur fuite. L'intention de Mr. Wikam est d'entrer dans les troupes réglées ; parmi ses anciennes connoissances, il y en a qui peuvent et veulent bien le protéger encore. On a obtenu pour lui la promesse d'une commission d'enseigne dans le régiment du colonel N*, qui est maintenant en garnison dans le Nord. C'est un avantage pour eux de s'éloigner dans ce moment du Hertfordshire. J'espère qu'ils seront l'un et l'autre plus sages et plus prudens, lorsqu'ils se trouveront au milieu de gens inconnus, dont ils devront s'efforcer de captiver l'estime et la bienveillance. J'ai écrit au colonel Forster pour l'informer de tous ces nouveaux arrangemens, et lui demander qu'il veuille bien tranquilliser les différens créanciers de Mr. Wikam à Brighton et dans les environs, en les assurant du paiement dont je suis moi-même caution. Vous voudrez bien donner la même assurance à ses créanciers de Méryton, dont je vous envoie la liste qu'il m'a donnée lui-même. Il dit avoir déclaré toutes ses dettes, j'espère qu'il ne nous a pas trompés ; Haggerston a reçu les ordres nécessaires : je crois que d'ici à huit jours tout sera terminé. Ils iront alors rejoindre le régiment, à moins que vous ne les invitiez à aller à Longbourn. Mistriss Gardiner m'apprend que Lydie est fort désireuse de vous voir tous avant de quitter le Sud ; elle est bien, et m'a demandé de vous présenter ses respects, ainsi qu'à sa mère. « Votre, etc.

« EDW. GARDINER. »

Mr. Bennet et ses filles étoient persuadés que Mr. Wikam ne pouvoit pas rester dans le régiment du colonel Forster, mais Mistriss Bennet ne pensoit pas de même ; c'étoit un très grand mécompte pour elle que Lydie fût obligée d'aller s'établir dans le Nord, justement au moment où elle auroit tiré le plus de plaisir et de vanité de l'avoir auprès d'elle ; car elle s'étoit toujours flattée qu'ils résideroient dans le Hertfordshire ; et d'ailleurs elle trouvoit très-fâcheux que Lydie quittât un régiment où elle connoissoit déjà tant de monde et où elle avoit tant d'amis.

— Elle est si attachée à Mistriss Forster ! disoit-elle ; combien c'est piquant pour Lydie de la quitter ! Il y avoit aussi plusieurs jeunes gens qu'elle aimoit beaucoup. Les officiers ne seront peut-être pas si aimables dans l'autre régiment.

Quant à Mr. Bennet, il rejeta la requête de sa fille, d'être reçue dans sa famille avant de partir pour le Nord; mais Jane et Elisabeth, qui souhaitoient toutes deux que leur sœur fût bien accueillie par ses parens après son mariage, le pressèrent si vivement de la recevoir avec son mari, qu'elles obtinrent enfin le consentement; et Mistriss Bennet eut la satisfaction de penser qu'elle pourroit présenter sa fille mariée, à toute la société de Méryton et des environs. Ainsi donc, Mr. Bennet, en répondant à son frère, donna à Lydie la permission de venir faire une visite à sa famille aussitôt qu'elle seroit mariée. Il fut convenu que les deux époux partiroient pour Longbourn dès que la cérémonie seroit achevée. Elisabeth étoit fort surprise que Wikam eût consenti à un tel projet, et si elle n'avoit consulté que son propre sentiment, elle auroit désiré ne jamais le revoir.

CHAPITRE III.

Le jour des noces de Lydie arriva; Jane et Elisabeth eurent plus d'émotion qu'elle n'en avoit sûrement elle-même. On envoya la voiture chercher les époux à Londres. Ils arrivèrent au moment du dîner. Les deux Miss Bennet redoutoient beaucoup ce premier moment; Jane surtout, qui prêtoit à Lydie tous les sentimens qu'elle auroit eus à sa place, souffroit de tout ce qu'elle croyoit que sa sœur devoit éprouver.

La famille étoit rassemblée dans le salon pour les recevoir. La joie brilla sur la figure de Mistriss Bennet au moment où l'on entendit la voiture; son mari avoit l'air fort sérieux, et ses filles étoient inquiètes et émues.

La voix de Lydie se fit entendre dans le vestibule ; elle poussa la porte avec force et s'élança dans le salon ; sa mère l'embrassa avec transport, donna la main avec le sourire du bonheur à Wikam qui suivoit sa femme, et leur souhaita à tous deux joie et prospérité avec une gaieté qui prouvoit qu'elle n'avoit aucun doute sur leur félicité future.

La réception que leur fit Mr. Bennet, vers lequel ils se tournèrent alors, ne fut pas tout-à-fait si cordiale ; sa contenance devint encore plus sévère, et il ouvrit à peine la bouche. L'assurance du jeune couple étoit faite pour le provoquer. Elisabeth en étoit révoltée, et Miss Bennet elle-même en fut affligée. Lydie étoit toujours la même, sans honte, sans timidité, étourdie, bruyante, sans aucune défiance ; elle alloit d'une sœur à l'autre, leur demandant des complimens de félicitation ; et lorsqu'enfin ils furent tous assis, elle regarda avec curiosité autour de la chambre, et observa, en riant, qu'il y avoit bien long-temps qu'elle ne s'y étoit trouvée.

Wikam n'étoit pas plus embarrassé qu'elle; mais ses manières avoient quelque chose de si aimable, de si séduisant, que si son caractère et sa conduite eussent été sans reproches, son air de bonheur et d'aisance les eût tous charmés. Elisabeth ne lui croyoit pas tant d'impudence; elle rougit, Jane rougit aussi, mais ceux qui causoient leur confusion ne changèrent pas de couleur un seul instant. La conversation ne languissoit point, Lydie et sa mère ne pouvoient parler assez vite; et Wikam, qui se trouvoit à côté d'Elisabeth, lui demanda des nouvelles de tout le voisinage avec tant de gaieté, qu'elle se sentit incapable de l'égaler dans ses réponses. Les deux époux paroissoient avoir la plus heureuse mémoire du monde, ils ne se rappeloient avec chagrin de rien de ce qui s'étoit passé. Lydie amena volontairement la conversation sur des sujets que ses sœurs, par égard pour elle, n'auroient pas abordé pour rien au monde.

— Quand je pense qu'il y a trois mois que je suis partie ! s'écrioit-elle ; j'avoue qu'il me semble qu'il n'y a pas quinze jours, et cependant que de choses se sont passées pendant ce temps-là ! Grand Dieu ! Il est bien sûr que lorsque je partis je n'avois pas l'idée que je serois mariée quand je reviendrois ! Je pensois cependant que ce seroit une drôle de chose si je l'étois.

Son père leva les yeux au Ciel. Jane avoit l'air embarrassé. Elisabeth lança un regard expressif à Lydie ; mais celle-ci, qui ne voyoit et n'entendoit jamais ce qui ne lui convenoit pas, poursuivit gaiement :

2*

— Oh ma chère maman ! les gens des environs savent-ils que je me suis mariée aujourd'hui ? Je crains bien que non. Nous avons vu venir Williams Goulding dans son carricle, je voulois absolument qu'il le sût ; j'ai baissé la glace de la voiture, et, ôtant mon gant, j'ai posé ma main sur le bord de la fenêtre, de manière qu'il pût bien voir ma bague ; puis ensuite je l'ai salué, en souriant comme à l'ordinaire.

Elisabeth n'y pouvoit plus tenir, elle se leva et quitta la chambre ; elle n'y rentra que lorsqu'elle entendit ses parens traverser le vestibule pour aller à la salle à manger ; elle les rejoignit assez tôt pour voir Lydie, qui, d'un air glorieux, prenoit sa place à la droite de sa mère, et disoit à sa sœur aînée : — Oh ! Jane, je prends votre place à présent, et vous devez descendre un peu plus bas, parce que je suis maintenant une Dame.

On ne devoit pas imaginer que Lydie fût embarrassée plus tard, puisqu'elle avoit été si à son aise dès le commencement ; en effet, son assurance et sa gaieté alloient toujours en croissant. Elle languissoit de voir Mistriss Phillips, les Lucas et tous leurs autres voisins, et de s'entendre appeler Mistriss Wikam par chacun d'eux. Après le dîner, elle fut montrer sa bague et se vanter d'être mariée à Mistriss Hill et aux femmes de chambre ; et lorsqu'ils furent tous retournés au salon, elle dit :

— Eh bien, maman ! que pensez-vous de mon mari ? N'est-ce pas un homme charmant ? Je suis sûre que toutes mes sœurs me l'envient ; je leur souhaite seulement la moitié de mon bonheur. Il faut qu'elles aillent toutes à Brighton, c'est l'endroit où l'on trouve des maris. Quel dommage, maman, que nous n'y retournions pas tous !

— C'est vrai ! Si nous suivions ma volonté, nous irions tous ; mais, ma chère Lydie, je suis bien fâchée de vous voir partir pour le Nord. Faut-il donc que cela soit ainsi ?

— Oh, mon Dieu ! ce n'est rien cela ! je m'en réjouis beaucoup. Il faut que vous veniez nous y voir, avec papa et mes sœurs. Nous serons tout l'hiver à New-Castle, il y aura beaucoup de bals, je prendrai soin de leur procurer des parteners à toutes.

— Cela me feroit un bien grand plaisir.

— Et alors quand vous reviendrez, vous pourriez me laisser une ou deux de mes sœurs, et je vous assure que je leur trouverois des maris avant la fin de l'hiver.

— Pour ma part, dit Elisabeth, je vous remercie de cette faveur, je n'approuve point votre manière de trouver des maris.

La visite des nouveaux mariés ne

devoit durer que dix jours; Mr. Wikam avoit reçu son brevet avant de quitter Londres, et devoit rejoindre son régiment au bout de quinze jours. Il n'y avoit que Mistriss Bennet qui regrettât que leur séjour fut si court. Elle passa la plus grande partie de ce temps à faire des visites avec sa fille, ou à arranger des parties de plaisir chez elle. Au reste, il convenoit aussi bien à ceux qui réfléchissoient à ce qui s'étoit passé, d'éviter les cercles de famille, qu'à ceux qui paroissoient avoir déjà tout oublié. L'affection de Wikam pour Lydie n'égaloit point, comme Elisabeth l'avoit bien deviné, celle que Lydie avoit pour lui, et quelques observations avoient suffi pour affermir celle-ci dans l'idée que l'amour de Lydie avoit eu bien plus de part à cette fuite que celui de Wikam; peut-être même ne l'auroit-il point enlevée, s'il n'avoit pas été réduit à s'enfuir par l'embarras où il se trouvoit vis-à-vis de ses créanciers. Forcé de partir, il n'avoit pas résisté à la tentation d'avoir une compagne dans sa fuite.

Lydie avoit une tendresse passionnée pour lui, dans toutes les occasions elle l'appeloit son cher Wikam ! personne ne pouvoit lui être comparé, tout ce qu'il faisoit étoit bien fait, et elle étoit sûre que lorsque la chasse s'ouvriroit, il tueroit à lui seul plus de gibier que tous les chasseurs du pays ensemble.

Peu de temps après leur arrivée, un matin qu'elle se trouvoit avec ses deux sœurs aînées, elle dit à Elisabeth :

— Lizzy, je crois que je ne vous ai jamais raconté les détails de mon mariage ; vous n'étiez pas là lorsque je les ai donnés à maman et à mes sœurs, n'êtes-vous pas curieuse de les connoître ?

— Oh pas du tout ; je pense que vous ne sauriez trop garder le silence sur ce sujet.

— Là, que vous êtes extraordinaire ! Il faut cependant que je vous les raconte. Nous avons été mariés, comme vous le savez, à l'église de St. Clément, parce que le logement de Wikam étoit dans cette paroisse. Il étoit convenu que nous y serions à onze heures ; mon oncle, ma tante et moi nous devions y aller de notre côté et y trouver les autres. Enfin, le lundi matin arriva ; j'étois dans une vive impatience ; car je craignois toujours qu'il survînt quelque incident qui dérangeât tout ; j'en serois devenue folle, je crois. Ma tante, pendant tout le temps de ma toilette, me prêcha ; elle parloit positivement comme si elle avoit lu un sermon : il est vrai que de tout ce qu'elle disoit je n'en ai pas entendu un mot sur dix ; car je pensois, comme vous pouvez l'imaginer, à mon cher Wikam, et je languissois surtout de savoir s'il mettroit son grand uniforme. Nous déjeunâmes à dix heures, comme à l'ordinaire ; je croyois que ce ne seroit jamais fini. Il faut que vous sachiez que mon oncle et ma tante ont été horriblement ennuyeux tout le temps que j'ai demeuré avec eux, me prêchant toute la journée, et me gardant comme en prison. Me croirez-vous, quand je vous dirai que je n'ai pas mis les pieds hors de leur maison, quoique j'y sois restée quinze jours? Pas un plaisir, pas un projet, rien ! Londres n'étoit pas animé dans ce moment, cependant le petit théâtre étoit ouvert ! Eh bien, au moment où la voiture arriva devant la porte, mon oncle fut obligé de sortir, d'aller voir cet horrible Mr. Stone pour une affaire, et vous savez bien qu'une fois qu'ils sont ensemble, on ne sait plus quand cela finira ; j'en avois si peur, que je ne savois que devenir. C'étoit mon oncle qui devoit me présenter, et si nous étions arrivés trop tard à l'église, nous n'aurions pas été mariés ce jour-là. Enfin, heureusement, il revint dix minutes après, et nous partîmes. J'appris cependant ensuite, que lors même qu'il n'auroit pas pu venir, la noce n'auroit pas été renvoyée pour cela, car la présence de Mr. Darcy auroit suffi.

— De Mr. Darcy ! répéta Elisabeth dans le plus grand étonnement.

— Oui ! il devoit se trouver là avec Wikam. Ah, mon Dieu ! j'oublie tout-à-fait ! je ne devois pas dire un mot de tout cela, je le leur avois promis solennellement ! Que dira Wikam ? Ce devoit être un si grand secret !

— Si ce devoit être un secret, dit Jane, ne dites plus un mot là-dessus ; vous pouvez compter que nous ne chercherons pas à en savoir davantage.

— Oh ! certainement, dit Elisabeth dévorée de curiosité, nous ne vous ferons point de questions.

— Je vous remercie, dit Lydie, car je vous aurois tout dit, et Wikam auroit été très-fâché.

Elisabeth fut obligée de s'éloigner, pour éviter la tentation de faire quelques questions indirectes ; mais vivre dans l'ignorance sur un tel sujet, c'étoit impossible ! Il étoit si extraordinaire que Mr. Darcy eût assisté au mariage de Wikam ! Quelles raisons pouvoit-il avoir eues pour cela ? Les conjectures se succédoient rapidement dans son esprit, mais aucune ne la satisfaisoit ; celles qui lui plaisoient le plus, parce qu'elles faisoient paroître son caractère sous le plus beau jour, étoient précisément celles qui paroissoient le plus improbables. Elle ne put supporter long-temps cette incertitude, et elle écrivit à sa tante pour lui demander l'explication de ce que Lydie avoit laissé échapper, si cela n'étoit pas incompatible avec le secret qu'on avoit demandé.

« Vous pouvez facilement comprendre, écrivoit-elle, quel doit être mon désir de savoir comment une personne qui est presque étrangère à toute notre famille, a pu se trouver au milieu de vous dans ce moment-là. Je vous en supplie, ma chère tante, répondez-moi là-dessus, à moins qu'il n'y ait de fortes raisons pour que cela reste dans le secret; alors je m'efforcerai de prendre mon parti de l'ignorer. »

— Et cela ne sera sûrement pas, sécriat-elle en achevant sa lettre, car, ma chère tante, si vous ne me le dites pas franchement, je serai réduite à le découvrir par quelque stratagême.

La délicatesse de Jane ne lui auroit pas permis de parler à Elisabeth de ce qui étoit échappé à Lydie; Elisabeth en étoit bien aise, elle préféroit n'avoir point de confidente, et pouvoir garder le secret pour elle-même, si sa tante l'exigeoit.

CHAPITRE IV.

Elisabeth eut le plaisir de recevoir une prompte réponse. Elle n'en fut pas plutôt en possession, que, se précipitant dans le petit bois afin de ne pas être interrompue, elle s'assit sur un banc pour lire toute cette intéressante révélation; car elle avoit vu, en parcourant des yeux la fin de la lettre, que sa tante avoit consenti à satisfaire sa curiosité.

Grace-Church-Street, 6 Septembre.

« Ma chère Nièce,

» Je viens de recevoir votre lettre et je consacrerai toute ma matinée à vous répondre, car je prévois que quelques lignes ne suffiront pas pour tout ce que j'ai à vous dire.

» Je dois vous avouer que j'ai été surprise de votre demande, je ne m'y attendois pas du tout ; ne croyez cependant pas que j'en sois fâchée ; mais je n'imaginois guère que vous ne fussiez pas mieux instruire de tout ce qui s'est passé. Votre oncle en est aussi étonné que moi, et ce n'est que l'idée que vous saviez tout qui a pu l'engager à agir comme il l'a fait. Mais si vous êtes sincère et dans une ignorance complète, comme vous le dites, je dois m'expliquer plus clairement.

» Le jour où je quittai Longbourn, votre oncle reçut une visite très-inattendue ; Mr. Darcy vint le voir et resta long-temps enfermé avec lui, mais c'étoit avant mon arrivée ; ainsi, ma curiosité ne fut point aussi vivement excitée qu'il paroît que la vôtre l'a été. Il venoit dire à Mr. Gardiner qu'il avoit découvert les fugitifs, qu'il avoit parlé plusieurs fois à

Wikam, et une seule fois à Lydie. D'après ce que je puis me rappeler, il avoit quitté le Derbyshire un jour après nous, et étoit venu à Londres dans l'intention de se mettre à la poursuite de Wikam. Le motif qu'il a prétendu l'avoir guidé, est la persuasion qu'il étoit la cause de ce malheur; que si l'indignité de Wikam avoit été mieux connue, aucune jeune personne n'auroit pu avoir de confiance en lui. Il s'accusa généreusement d'un orgueil mal entendu qui l'avoit empêché de révéler publiquement les torts de Wikam vis-à-vis de lui et de dévoiler son caractère, et il ajouta qu'il croyoit de son devoir de chercher à remédier au mal dont il étoit la cause. S'il a eu un autre motif, je suis bien sûre qu'il ne peut pas lui faire tort dans votre esprit.

» Il passa quelques jours à Londres, sans pouvoir rien découvrir. Il avoit cependant plus de moyens que nous pour se guider dans ses recherches ; il savoit qu'une dame Young, qui a été gouvernante de Miss Darcy et qu'il avoit renvoyée pour une cause de mécontentement qu'il ne nous a point dite, étoit intimement liée avec Wikam. Depuis qu'elle a quitté Miss Darcy, elle a loué une grande maison dans Edward-Street, et gagne sa vie à sous-louer des appartemens garnis. Il a été vers elle pour avoir des informations, mais il resta trois ou quatre jours sans pouvoir en obtenir. Elle ne vouloit pas, je suppose, trahir la confiance de son ami, sans quelque espérance de gain ; car elle savoit fort bien où il étoit. Il avoit été la voir en arrivant à Londres, et si elle avoit pu le recevoir dans sa maison, il auroit été demeurer chez elle. Enfin, notre excellent ami a obtenu ces renseignemens tant désirés. Il sut qu'ils étoient logés dans *... il y fut, vit d'abord Wikam et insista ensuite pour voir Lydie. Son intention étoit de lui persuader de sortir de la fâcheuse situation où elle étoit, et de retourner vers ses parens aussitôt qu'ils consentiroient à la recevoir, lui offrant de l'aider de tout son pouvoir. Mais Lydie étoit absolument décidée à rester avec Wikam; elle ne s'embarrassoit point de ses parens, et le remercia de ses offres. Elle étoit sûre que Wikam l'épouseroit une fois ou une autre, le moment lui étoit assez indifférent. Lorsqu'il la vit dans de tels sentimens, il pensa qu'il n'y avoit pas autre chose à faire qu'à hâter un mariage que, dans sa première conversation avec Wikam, il avoit bien vu que celui-ci n'avoit jamais eu l'intention de faire. Il lui avoit avoué qu'il étoit obligé de sortir de son régiment à cause de ses dettes d'honneur qui étoient pressantes; il ne s'étoit fait aucun scrupule de rejeter sur Lydie elle-même tout le blâme de leur fuite. Il alloit donner sa démission d'officier, et quant à ses projets futurs, il ne pouvoit rien dire. Il n'avoit rien pour vivre, il sentoit qu'il devoit chercher à se tirer d'affaire, mais il ne savoit comment. Mr. Darcy lui demanda pourquoi il n'avoit pas épousé Lydie tout de suite; car, malgré qu'on ne crût pas Mr Bennet fort riche, cependant il auroit pu alors faire quelque chose pour lui, et ce mariage auroit peut-être amélioré sa position; mais il vit par sa réponse que Wikam ne désespéroit pas de faire un meilleur mariage dans quelque endroit où il ne seroit pas si décrié. Il n'étoit pas probable cependant que, dans une pareille position, il pût résister à la tentation, si on lui offroit de prompts secours. Mr. Darcy le vit plusieurs fois, car il fallut beaucoup discuter; Wikam, comme vous le pensez bien, cherchoit à obtenir plus qu'on ne vouloit lui donner. Enfin, cependant, tout étant arrangé entre eux, la visite de Mr. Darcy à votre oncle étoit pour l'en informer; il étoit déjà venu une fois, mais on lui avoit dit que Mr. Gardiner étoit avec Mr. Bennet qui devoit partir le lendemain, et il n'avoit pas pensé que votre père fût justement l'homme qu'il dut consulter, préférant ne parler qu'à votre oncle seul. Il différa de le voir jusqu'au lendemain, et revint le samedi. Votre oncle étoit chez lui, et, comme je vous l'ai déjà dit, ils eurent une longue conférence. Il revint dimanche, et alors je le vis aussi. Tout fut arrangé le jour même, et on envoya un exprès à Longbourn. Mr. Darcy est fort obstiné; je crois, Lizzy, qu'après tout, l'obstination est le véritable défaut de son caractère; il a fallu faire tout ce qu'il a voulu; ils ont disputé long-temps sur leurs droits, mais enfin votre oncle a été forcé de céder, et au lieu de faire quelque chose pour sa nièce, il a été contraint de consentir à n'en avoir que l'apparence, ce qui le révoltoit. Je suis bien sûre que la lettre que nous avons reçue de vous ce matin lui a fait grand plaisir, parce qu'elle exige une explication qui fera connoître enfin à qui la reconnoissance est due. Mais, Lizzy, tout ceci ne doit pas aller plus loin que vous et Jane tout au plus. Vous savez, je suppose, ce qu'on a fait pour ces jeunes gens : toutes les dettes de Wikam ont été payées; on lui a donné en outre mille guinées, qu'il a reconnues à Lydie par contrat de mariage, et on lui a acheté sa commission. Mr. Darcy a voulu seul supporter tous les frais, par le motif dont je vous ai déjà parlé; c'est-à-dire que sa réserve et son faux jugement ont été cause que le caractère de Wikam n'a pas été connu. Peut-être y a-t-il quelque fondement dans les reproches qu'il se fait, cependant il est difficile de rendre responsable de cet événement la réserve de qui que ce soit. Mais, ma chère Lizzy, vous pouvez être sûre que, malgré toutes ses belles paroles, votre oncle n'auroit jamais cédé, s'il ne lui avoit pas supposé un autre intérêt dans cette affaire. Lorsque tout fut arrangé, il retourna à Pemberley où étoient encore ses amis; mais il fut convenu qu'il reviendroit à Londres pour le moment de la noce, et qu'alors les affaires d'argent seroient terminées. Je crois maintenant que je vous ai tout dit; et, d'après votre lettre, ce récit vous fera éprouver une grande surprise; j'espère au moins que ce ne sera pas une surprise désagréable.

» Lydie alors vint demeurer chez nous, et Wikam eut un libre accès dans la maison. Il étoit absolument le même que je l'ai vu dans le Hertfordshire, mais je ne vous aurois pas avoué à quel point j'ai été peu satisfaite de la conduite de Lydie pendant son séjour au milieu de nous, si je n'avois pas vu, par la dernière lettre de Jane, qu'elle se conduit de même chez vous; ce que je puis vous en dire maintenant n'ajoutera donc rien à vos peines. Je lui ai parlé plusieurs fois de la manière la plus sérieuse, lui représentant l'indignité de sa conduite et l'affliction qu'elle avoit répandue sur toute sa famille. Si elle m'a entendue, c'est bien par hasard, car elle ne m'écoutoit pas du tout. J'étois quelquefois très-irritée, mais alors je pensois à ma chère Elisabeth et à ma chère Jane, et pour l'amour d'elles je prenois patience.

» Mr. Darcy revint au moment fixé, et, comme Lydie vous l'a dit, il assista au mariage. Il dîna avec nous le lendemain, et devoit quitter Londres le mercredi ou le jeudi. Serez-vous fâchée contre moi, ma chère Lizzy, si je saisis cette occasion d'avouer (ce que je n'ai pas encore osé faire) que je l'aime beaucoup. Il a été, sous tous les rapports, aussi aimable pour nous que dans le Derbyshire; son esprit et sa manière de voir me plaisent également, il ne lui manque qu'un peu plus de vivacité; s'il se marioit, comme il le devroit, sa femme lui en donneroit. Je le crois très dissimulé, à peine a-t-il prononcé votre nom; au reste, la dissimulation paroît être à l'ordre du jour. Pardonnez-moi si j'ai été trop loin; au moins ne me punissez pas en me bannissant de P.; car je ne serai jamais contente que je n'aie fait le tour du parc en entier. Un petit phaëton avec une jolie paire de petits chevaux feroit mon affaire. Mais, adieu, je ne puis pas écrire plus longtemps, les enfans m'appellent depuis plus d'une demi-heure.

» Votre très-sincère amie,
» M. Gardiner. »

Cette lettre jeta Elisabeth dans une extrême agitation ; il seroit difficile de dire si ce qu'elle éprouvoit étoit de la peine ou du plaisir. Les soupçons que la présence de Mr. Darcy au mariage de sa sœur lui avoit fait naître, se trouvoient tous confirmés.

Il avoit donc quitté Pemberley presque aussitôt qu'elle, pour venir à son secours! Il avoit consenti à voir une femme qu'il haïssoit et méprisoit ! Il s'étoit soumis à visiter l'homme qu'il avoit le plus désiré d'éviter, et dont le nom seul étoit un supplice pour lui ! Il avoit cherché à le persuader, et enfin l'avoit payé pour l'engager à se marier ! Ce n'étoit pas pour Lydie, qu'il connoissoit à peine, qu'il ne pouvoit que mépriser, qu'il avoit fait tant de sacrifices. Le cœur d'Elisabeth lui disoit tout bas que c'étoit pour elle qu'il avoit agi ainsi ; il l'aimoit donc encore ! Mais devenir beau-frère de Wikam ! pourroit-il jamais surmonter le sentiment d'horreur que lui inspireroit une pareille alliance? Jamais, jamais! il falloit donc imputer à sa générosité, à la noblesse de son caractère, tout ce qu'il avoit fait dans cette occasion. Avec quelle honte et quelle douleur ne se souvenoit-elle pas des préjugés qu'elle avoit nourris contre lui! et c'étoit à l'homme qu'elle avoit rejeté, qu'elle avoit si cruellement blessé, que Lydie devoit son honneur, son établissement, en un mot sa tranquillité future!

Elle fut tirée de ces douloureuses réflexions par l'approche de quelqu'un; elle tressaillit, se leva, mais Wikam parut avant qu'elle eût pu prendre un autre sentier.

— Je crains d'avoir troublé votre promenade solitaire, ma chère sœur, lui dit-il en l'abordant.

— Oui, répondit-elle en souriant,

mais peut-être cette interruption n'est-elle pas venue mal à propos.

— Je serois bien fâché que cela fût. Nous avons toujours été bons amis, et maintenant nous sommes plus qu'amis.

— C'est vrai. Le reste de la famille vous suit-il ?

— Je ne sais pas. Mistriss Bennet et Lydie viennent de partir en voiture pour aller à Méryton. J'ai su, par nos parens Gardiner, que vous avez vu Pemberley, ma chère sœur.

Elle répondit affirmativement.

— Je vous envie ce plaisir ; si je ne craignois pas que cela ne m'affectât trop, je le visiterois bien aussi en allant à New-Castle. Vous avez vu la vieille concierge, je pense ? Pauvre Reynolds ! elle m'a toujours tendrement aimé ; ne vous a-t-elle point parlé de moi ?

— Oui.

— Que vous a-t-elle dit ?

— Que vous étiez entré dans le militaire, et qu'elle craignoit que vous n'eussiez ..... mal tourné. Vous savez qu'à cette distance les choses sont souvent mal sues et mal interprétées.

— Certainement, répondit-il en se mordant les lèvres.

Elisabeth espéroit l'avoir réduit au silence ; mais il reprit la parole quelques instans après :

— J'ai été bien surpris de voir Darcy à Londres dernièrement. Nous nous sommes vus plusieurs fois.

— C'est singulier ! et que faisoit-il à Londres ?

— Peut-être faisoit-il les préparatifs de son mariage avec Miss de Bourg ? Il faut qu'il ait eu quelque motif important pour venir à la ville dans cette saison.

— Sans doute.

— Vous l'avez vu, m'a-t-on dit, pendant votre séjour à Lambton ?

— Oui, il nous a présenté sa sœur.

— Vous plaît-elle ?

— Beaucoup.

— J'ai entendu dire, en effet, qu'elle avoit prodigieusement gagné depuis un ou deux ans. La dernière fois que je l'ai vue, elle ne promettoit pas beaucoup.

— Je crois qu'elle sera une charmante femme ; elle a passé l'âge le plus difficile.

— Avez-vous été au village de Kympton ?

— Je ne m'en souviens pas.

— Je vous en parle, parce que c'étoit le bénéfice que j'aurois dû avoir. C'est un endroit délicieux, une maison charmante ; de toute manière il m'auroit parfaitement convenu.

— Auriez-vous aimé la prédication ?

— Beaucoup ; je l'aurois considérée comme une des parties les plus essentielles de mon devoir, et bientôt l'exercice ne m'en auroit plus été pénible. Il ne faut pas murmurer; cependant cette cure m'auroit bien convenu; la tranquillité, le calme d'une pareille vie auroient répondu à toutes mes idées de bonheur. Mais cela n'a pas pu être ! Darcy vous a-t-il jamais parlé de cette circonstance?

— J'ai su de bonne part que le bénéfice vous fut légué conditionnellement, et sous le bon plaisir du patron actuel.

— On vous l'a dit ? Il est vrai qu'il y avoit quelque chose comme cela. Je vous le dis dans le tems, si vous vous en souvenez ?

— On m'a dit aussi que dans un tems, ou vous ne vous sentiez pas apparemment autant de goût pour la prédication qu'à présent, vous déclarates votre résolution de ne jamais prendre les ordres, et qu l'affaire fut arrangée en conséquence.

— On vous l'a dit ? Ce n'étoit pas absolument sans fondement, vous devez vous rappeler ce que je vous ai dit à ce sujet la première fois que je vous en ai parlé.

Ils se trouvèrent alors à la porte de la maison, car elle avoit marché très-vite pour abréger la promenade; mais par égard pour sa sœur, ne voulant pas le fâcher, elle lui répondit seulement avec gaieté.

— Allons Mr Wikam, à présent que nous sommes frère et sœur, ne nous querellons pas sur le passé; j'espère qu'à l'avenir nous serons toujours du même avis.

Elle lui tendit la main; quoiqu'il fut très-embarrassé, il la baisa avec galanterie, et ils se séparèrent en entrant dans la maison.

CHAPITRE V.

Mr. Wikam n'eut plus dès lors aucune envie de ramener la conversation sur ce sujet; et Elisabeth fut charmée de voir, qu'elle en avoit dit assez pour le forcer au silence.

Le jour du départ des deux époux arriva bientôt et Mistriss Bennet fut obligée de se soumettre à une séparation qui devoit durer au moins un an. Mr. Bennet ne vouloit en aucune façon entendre parler du projet qu'elle avoit formé d'aller à New-Castle.

— Oh ma chère Lydie s'écrioit-elle! quand nous reverrons nous?

— Oh ma chère mère! pas de deux ou trois ans peut-être.

— Ecrivez moi très-souvent ma chère.

— Aussi souvent que je pourrois; mais vous savez maman que les femmes mariées n'ont pas beaucoup de tems pour la correspondance! Mes soeurs pourront m'écrire, elles qui n'ont rien de mieux à faire.

Les adieux de Mr. Wikam furent beaucoup plus affectueux que ceux de sa femme, son air attendri le faisoit paroître encore plus beau qu'à l'ordinaire, et il dit des choses charmantes en partant.

— C'est le plus joli garçon que j'aie jamais vu, dit Mr. Bennet dès qu'il fut parti. Il sourit, badine, nous caresse tous! Je suis extrêmement fier de lui! Je défie sir William Lucas lui-même de pouvoir nous présenter un gendre plus accompli.

Le départ de Lydie rendit Mistriss Bennet très-triste pendant plusieurs jours.

— Je pense souvent, disoit-elle, qu'il

n'y a rien de plus triste que les séparations.

— C'est une conséquence naturelle ; du plaisir de marier ses filles, Madame, lui répondit Elisabeth, et cela doit vous consoler d'en avoir quatre célibataires.

— Ce n'est point cela; Lydie ne m'a point quittée par ce qu'elle est mariée, mais parce que le régiment de son mari se trouve éloigné de nous; elle ne seroit point partie s'il avoit été près d'ici.

Mais l'espèce de découragement, dans lequel l'avoit jeté cet évènement fut très-vite passé, et son cœur se r'ouvrit à l'espérance. La nouvelle circuloit, que le concierge de Netherfield avoit reçu l'ordre de tout préparer pour le retour de son maître, qui devoit arriver sous peu pour profiter de la saison de la chasse. Mistriss Bennet, étoit dans une agitation extrême, elle regardoit Jane qui souriait et secouoit la tête.

— Eh bien donc, Mr. Bingley va arriver, ma sœur! (car Mistriss Phillips avoit été la première à lui apporter ces bonnes nouvelles). Eh bien tant mieux! Ce n'est pas que je m'en embarrasse le moins du monde; il ne nous est rien vous le savez, et je n'ai aucune envie de le recevoir chez moi. Mais il fait très-bien de revenir à Netherfield si cela lui plaît. Et qui sait ce qui peut arriver! Mais cela ne nous regarde pas, vous vous souvenez que nous étions convenues, il y a long-temps, de n'en plus parler. Vous croyez donc qu'il est bien sûr qu'il va arriver?

— Vous pouvez compter là dessus, réplliqua Mistriss Phillips, car Mistriss Nicholls étoit hier au soir à Meryton; je la vis passer et je sortis dans l'intention d'aller moi même lui demander ce qui en étoit; elle me confirma la nouvelle, et me dit qu'il arriveroit lundi au plus tard et très-probablement mercredi; elle me dit aussi qu'elle étoit venue faire de grandes emplettes, et qu'elle avoit acheté trois paires de canards tous prêts à être tués.

Miss Bennet n'avoit pu apprendre la nouvelle du retour de Mr. Bingley à Netherfield, sans émotion. Il y avoit bien des mois qu'elle n'avoit pas prononcé son nom à Elisabeth, cependant dès qu'elles furent seules elle lui dit.

— Lizzy, j'ai vu que vous me regardiez pendant que ma tante répétoit le bruit qui court, et je crains d'avoir eu l'air un peu troublé; mais ne croyez cependant pas que cette nouvelle me cause ni peine ni plaisir; j'ai rougi dans ce moment parce que j'ai vu qu'on me regardoit. Je suis bien aise qu'il vienne seul, parce qu'alors nous le verrons beaucoup moins; ce n'est pas que je me craigne moi-même, mais je redoute les observations des autres.

Elisabeth ne savoit que penser ; si elle ne n'avoit pas vu Mr. Bingley pendant qu'elle étoit Lambton, elle auroit pu croire comme les autres, qu'il ne venoit à Netherfield que pour jouir du plaisir de la chasse ; mais il lui avoit paru encore fort attaché à Jane ; elle flottoit, entre l'idée qu'il venoit avec la permission de Mr. Darcy, et celle que peut-être il étoit assez hardi pour ne pas l'avoir demandée.

— Il est cependant cruel, pensoit elle quelquefois, que ce pauvre homme ne puisse venir chez lui, sans le consentement de ses amis ou de ses sœurs.

Malgré les protestations de Jane, Elisabeth voyoit bien qu'elle n'étoit pas aussi indifférente qu'elle vouloit le paroître : elle étoit plus distraite, et son humeur étoit moins égale qu'à l'ordinaire. Alors le sujet qui avoit été si vivement débattu, un an auparavant entre leurs parens, fut de nouveau remis sur le tapis.

— Vous irez surement voir Mr. Bingley aussitôt qu'il sera arrivé, disoit Mistriss Bennet.

— Non certainement, vous m'avez forcé à y aller l'année dernière en me promettant que si j'y allois il épouseroit une de mes filles ; il ne l'a pas fait, et cette année, je n'irai sûrement pas.

Sa femme lui représenta que cette visite Netherfield étoit absolument de rigueur.

— C'est une étiquette que je méprise, répondit-il, s'il a besoin de notre société, il n'a qu'à venir vous voir ; il sait où nous demeurons, je ne veux pas perdre mon tems à courir après mes voisins, chaque fois qu'ils vont et qu'ils viennent.

— Et bien, ce sera horriblement malhonnête si vous n'y allez pas. Mais cela ne m'empêchera pas de l'inviter à diner, j'y suis très-décidée. Nous aurons bientôt Miss Long et les Goulding, cela fera treize en nous comptant; il y aura justement place pour lui à table.

Cette résolution lui fit mieux prendre son parti de l'impolitesse de son mari; quoiqu'il fut très-mortifiant de penser, que tous leurs voisins iroient faire visite à Mr. Bingley et qu'elles seroient les dernières à le voir.

Le jour de son arrivée approchoit. Jane dit à sa sœur:

— Je suis très-fâchée qu'il revienne, je pourrois bien le voir avec une indifférence parfaite, mais je ne puis supporter d'en entendre parler sans cesse; ma mère ne sait pas le mal qu'elle me fait! Ah que je serai heureuse le jour de son départ de Netherfield.

— Je voudrois vous dire quelque chose qui put vous donner du courage, dit Elisabeth, mais cela m'est impossible, et je ne saurois pas même vous prêcher la patience; vous en avez toujours tant!

Mr. Bingley arriva, et Mistriss Bennet chercha à en avoir des nouvelles par tous ceux qui pouvoient l'avoir vu, elle comptoit déjà les jours qui devoient s'écouler avant qu'elle put décemment lui envoyer une invitation, car elle n'espéroit point le voir avant ce moment là. Quelle ne fut pas sa surprise lorsque le troisième jour elle le vit depuis sa fenêtre entrer dans l'avenue au galop.

Elle appela ses filles avec transport pour leur faire partager sa joie. Jane ne voulut décidément pas quitter sa place. Elisabeth pour satisfaire sa mère courut à la fenêtre, mais voyant Mr. Darcy avec lui, elle se rassit à côté de sa sœur.

— Maman, s'écria Kitty, il y a un Monsieur avec lui, qui peut-il être?

— Quelqu'une de ses connoissances, je suppose, Je ne le connois pas.

— Ah, reprit Kitty, il ressemble beaucoup à ce Monsieur qui étoit toujours avec lui l'année dernière; quel est son nom ! ce Monsieur.... qui est si grand et si fier ?

— Bon Dieu ! Mr. Darcy ? Ce sera lui je parie ! Enfin, tous les amis de Mr. Bingley seront bien reçus ici.

Jane regarda Elisabeth avec surprise et inquiétude, n'étant pas instruite de leur rencontre dans le Derbyshire, elle sentoit l'embarras que devoit éprouver sa sœur, en le revoyant pour la première fois depuis le moment où il lui avoit remis la lettre qui contenoit sa justification. Les deux sœurs, étoient confuses, chacune sentoit sa propre situation et celle de sa sœur. Leur mère continuoit à parler de son aversion pour Mr. Darcy, et de ce qu'elle ne vouloit être polie avec lui que parce qu'il étoit un des amis de Mr. Bingley.

Mr. Darcy n'étoit encore aux yeux de

Jane, qu'un homme dont sa sœur avoit refusé la main, et n'avoit pas apprécié le mérite; tandis que pour Elisabeth c'étoit un homme auquel sa famille devoit le premier des bienfaits, l'honneur de Lydie; et pour lequel, elle avoit un sentiment de reconnoissance et d'estime qui ressembloit bien à de l'amour. Son étonnement de ce qu'il avoit accompagné son ami à Netherfield, et de ce qu'il venoit la chercher à Longbourn, étoit presque égal à celui que lui avoit fait éprouver le changement de toutes ses manières dans le Derbyshire.

La pâleur qui avoit couvert sa figure au premier moment, fit place au plus bel incarnat, et un sourire de satisfaction donna encore plus d'éclat à ses yeux, lorsqu'elle pensa que peut-être la tendresse de Mr. Darcy n'auroit point été diminuée par le laps du tems, et par tous les événemens qui s'étoient passés depuis qu'elle ne l'avoit vu.

Elle s'efforçoit de paroître calme, et osoit à peine lever les yeux; une inquiette curiosité les lui fit cependant tourner vers sa sœur, au moment où le domestique ouvrit la porte. Jane étoit un peu plus pâle qu'à l'ordinaire, mais plus tranquille qu'Elisabeth ne s'y étoit attendue. Lorsque ces Messieurs entrèrent, elle rougit un peu, elle les reçut cependant sans embarras, et son abord n'étoit ni trop réservé ni trop prévenant.

Elisabeth étoit moins à son aise, elle parla aussi peu à l'un et à l'autre que la plus stricte politesse pouvoit le lui permettre; elle s'étoit remise à son ouvrage avec une assiduité qui ne lui étoit point ordinaire; elle n'avoit osé jeter qu'un regard à la dérobée sur Mr. Darcy; il avoit l'air sérieux, et elle pensoit qu'il ressembloit davantage à ce qu'il s'étoit montré dans le Hertfortdshire qu'à ce qu'il étoit à Pemberley; peut-être ne pouvoit-il pas être en présence de sa mère ce qu'il étoit avec son oncle et sa tante, c'étoit une conjecture pénible, mais qui n'étoit pas dénuée de probabilité.

Bingley avoit l'air content, quoique un peu embarrassé ; Mistriss Bennet le reçut avec un tel excès de politesse, que ses deux filles en rougirent, et cet accueil ressortit encore plus, par le contraste de la froide révérence qu'elle fit à Mr. Darcy.

Une distinction si mal appliquée, choqua et affligea extrêmement Elisabeth.

Darcy après lui avoir demandé des nouvelles de Mr. et de Mistriss Gardiner, question à laquelle elle ne put répondre sans un léger embarras, parla fort peu; il n'étoit pas assis auprès d'elle, peut-être étoit-ce là la cause de son silence; mais hélas, il n'en étoit pas ainsi, en Derbyshire ! au moins il parloit à ses amis quand il ne pouvoit l'entretenir elle-même. Elle voyoit clairement qu'il étoit plus pensif et qu'il avoit moins de desir de plaire que la dernière fois qu'ils s'étoient vus; elle en étoit très-affligée, et s'en vouloit à elle-même d'éprouver ce sentiment. Pouvoi-je m'attendre à ce qu'il se conduisît autrement, pensoit-elle, mais alors pourquoi est-il venu?

Elle auroit voulu lui parler, lui demander des nouvelles de sa sœur, mais elle n'en avoit pas la force.

Il y a long-temps, Mr. Bingley, que vous avez quitté ce pays, dit Mistriss Bennet.

Il en tomba d'accord tout de suite.

— Je commençois à craindre que vous ne revinssiez plus, ajouta-t-elle; on disoit même que vous rendiez la maison à Noël? mais j'espère que cela n'est pas. Il y a beaucoup de changement dans la société, depuis que vous avez quitté Netherfield; Miss Lucas s'est mariée ainsi qu'une de mes filles; je suppose que vous devez l'avoir entendu dire; vous pouvez l'avoir lu dans les papiers. Je sais que c'étoit dans le *times*, et dans le *courier*, quoiqu'on ne l'ait pas mis précisément comme on le devoit. Il y avoit seulement: *dernièrement George Wikam Esq. à Lydie Bennet.* C'étoit de la composition de Mr. Gardiner, et je ne comprends pas comment il a pu faire une chose pareille; l'avez vous vu?

Bingley répondit affirmativement et fit ses complimens de félicitations; Elisabeth couverte de confusion, n'osoit pas lever les yeux et ne pouvoit voir la contenance de Monsieur Darcy.

— Il est sûr continua Mistriss Bennet que c'est une chose délicieuse, que d'avoir une fille bien mariée, mais aussi, Mr. Bingley, il est fort cruel d'en être séparée. Ils sont partis pour New-castle, c'est un endroit tout-à-fait au nord, je crois, et ils doivent y rester, je ne sais combien de tems; le régiment de Mr. Wikam y est, car je suppose que vous savez qu'il a quitté le régiment de milice de * et qu'il est entré dans les troupes réglées. Dieu soit loué, il a quelques amis, quoique pas autant qu'il le mériteroit.

Elisabeth qui savoit que ces mots étoient dirigés contre Mr. Darcy, étoit tellement accablée de honte, qu'elle pouvoit à peine respirer; cependant le vif désir d'empêcher sa mère de continuer, lui donna la force de rompre enfin le silence, qu'elle avoit gardé jusqu'alors; elle demanda à Bingley s'il avoit l'intention de passer quelques jours à Netherfield?

— Quelques semaines, répondit-il.
— Quand vous aurez tué tout le gi-

bier qu'il y a chez vous, Monsieur Bingley, dit Mistriss Bennet, je vous prie de venir ici et de chasser tant qu'il vous plaira sur les propriétés de Mr. Bennet. Je suis sûre qu'il sera fort heureux de vous obliger, et qu'il gardera les meilleures couvées pour vous.

Des attentions si officieuses et si peu nécessaires, faisoient souffrir Elisabeth et sa sœur au point que la première croyoit que des années de bonheur ne pourroient les dédommager de ce qu'elles éprouvoient alors. Mon plus vif désir, pensoit-elle, seroit de ne jamais les revoir ni l'un ni l'autre; rien ne peut compenser des momens si pénibles que ceux-ci!

Cependant, la confusion que des années de bonheur ne pouvoient dédommager, fut bientôt extrêmement diminuée par la joie qu'elle éprouva en voyant que la beauté de Jane rallumoit les transports de son ancien adorateur. Il lui avoit peu parlé dans le commencement de sa visite, mais ensuite il parut plus occupé d'elle que jamais. Il la trouvoit aussi belle, aussi bonne, aussi simple que l'année dernière, mais pas tout-à fait aussi gaie, ni aussi animée. Jane avoit le plus grand désir qu'on ne pût apercevoir en elle aucun changement, et elle étoit persuadée qu'elle parloit autant qu'à l'ordinaire; mais elle étoit si préoccupée intérieurement, qu'elle ne soupçonnoit pas toutes les fois qu'elle gardoit le silence.

Lorsque ces Messieurs se levèrent pour prendre congé, Mistriss Bennet se rappela la politesse qu'elle vouloit faire, et elle les invita à dîner pour quelques jours après.

— Vous me devez vraiment une visite, Mr. Bingley, ajouta-t-elle, car lorsque vous partîtes pour la ville, l'automne dernière, vous me promîtes de venir dîner en famille aussitôt que vous seriez de retour. Vous voyez que je ne l'ai pas oublié, et je vous assure que j'étois très-fâchée que vous ne revinssiez pas et que vous ne tinssiez pas vos engagemens.

Bingley eut l'air un peu embarrassé, il balbutia quelques mots sur le chagrin qu'il avoit eu d'être retenu par des affaires, et ils partirent. Mistriss Bennet avoit une extrême envie de les retenir à dîner le jour même, mais quoiqu'elle eût toujours une très-bonne table, elle pensoit qu'il falloit au moins deux services pour un homme sur lequel elle avoit des intentions, et pour satisfaire l'appétit et l'orgueil de celui qui avoit au moins dix mille livres de rente.

CHAPITRE VI.

Immédiatement après le départ de ces Messieurs, Elisabeth oppressée et affligée, chercha dans la promenade, la solitude dont elle avoit besoin pour se remettre de ce qu'elle avoit souffert pendant cette visite. — Ah! pourquoi est-il venu? s'écrioit elle; étoit-ce pour se montrer si froid, si indifférent? Il savoit bien être aimable et chercher à plaire à mon oncle et à ma tante, mais à moi non; il ne m'aime plus, il ne s'occupe plus de moi! Oh le terrible homme! je n'y veux plus penser!

Elle remplit en effet sa promesse pendant quelques minutes, mais c'étoit bien involontairement; sa sœur venoit vers elle; elle l'aborda avec un air de gaieté qui prouvoit qu'elle étoit plus satisfaite que la pauvre Elisabeth.

— A présent que cette première entrevue est passée, disoit-elle, je suis parfaitement à mon aise; je ne serai plus embarrassée lorsqu'il reviendra. Je suis charmée qu'il dîne ici mardi avec du monde; on verra au moins que nous ne sommes l'un pour l'autre que de simples connoissances fort indifférentes.

— Oui, très-indifférentes, en vérité, dit Elisabeth; ah! Jane, prenez garde!

— Mais, ma chère Lizzy, me croyez-vous assez foible pour que je puisse courir encore quelque danger?

— Je pense que vous courez le danger de le rendre plus amoureux que jamais.

On ne revit point ces Messieurs jusqu'au mardi, et pendant ce temps Mistriss Bennet formoit de nouveau les plans les plus brillans; la politesse et les attentions de Bingley, pendant une visite d'une demi-heure, avoient ranimé toutes ses espérances.

Il y avoit beaucoup de monde à Longbourn, et MM. Darcy et Bingley arrivèrent de bonne heure. Lorsqu'on passa dans la salle à manger, Elisabeth observoit attentivement si Bingley reprendroit son ancienne place auprès de Jane. Mistriss Bennet, occupée de la même idée, ne lui fit point signe de venir se placer à côté d'elle ; il hésitoit lui-même, mais Jane ayant souri en regardant autour d'elle, la chose fut décidée, il se plaça à ses côtés.

Elisabeth étoit aussi loin de Mr. Darcy que la table pouvoit le permettre. Il étoit à côté de sa mère ; elle sentoit que ce rapprochement étoit aussi désagréable pour l'un que pour l'autre, et qu'ils paroîtroient tous deux à leur désavantage. Elle étoit trop loin pour pouvoir entendre ce qu'ils se disoient, mais elle voyoit qu'ils se parloient fort peu et avec une froideur et une cérémonie excessives.

La sécheresse que sa mère affectoit vis-à-vis de Mr. Darcy, faisoit sentir à Elisabeth, d'une manière encore plus douloureuse, toutes les obligations qu'on lui avoit, et dans ce moment elle auroit voulu lui dire qu'il y avoit quelqu'un dans la famille qui connoissoit et apprécioit toute l'étendue de sa générosité.

Elle espéroit que dans le courant de la soirée le hasard les rapprocheroit l'un de l'autre et qu'elle pourroit enfin entrer en conversation avec lui. Le temps lui parut long et ennuyeux jusqu'à ce que les hommes revinssent dans le salon, elle attendoit leur retour avec anxiété.

— S'il ne vient pas vers moi, pensoit-elle, c'est fini, il n'y faut plus penser.

Enfin le moment désiré arriva, les hommes revinrent. Mais les dames alors se pressèrent tellement autour de la table où on servoit le café, qu'il ne resta pas une seule place auprès d'elle; et lorsque quelques hommes s'avancèrent, une jeune demoiselle, rapprochant sa chaise de la sienne, lui dit à l'oreille :

— Ne permettons pas à ces Messieurs de venir nous séparer; nous n'en avons pas besoin, n'est-ce pas ?

Darcy étoit de l'autre côté du salon, elle le suivoit des yeux et envioit le sort de tous ceux auxquels il parloit. Son impatience étoit telle, qu'elle pouvoit à peine la contenir. Elle étoit fâchée contre elle-même de se sentir si troublée.

Enfin cependant elle le vit s'approcher. Elle se hâta de commencer la conversation :

— Votre sœur est-elle encore à Pemberley ?

— Oui, elle y restera jusqu'à Noël.

— Est-elle seule, ou l'avez-vous laissée avec ses amies ?

— Mistriss Ammesley est avec elle. Mistriss Hurst et Miss Bingley sont à Scarborough depuis trois semaines.

Après cela, elle ne trouva plus rien à lui dire. — Mais s'il désire continuer la conversation, pensoit-elle, c'est à lui à parler maintenant. — Il resta quelques minutes auprès d'elle; et la jeune demoiselle ayant encore chuchoté quelque chose à l'oreille d'Elisabeth, il s'en alla.

Lorsque la table à thé fut emportée et les tables de jeu placées, Elisabeth espéra qu'il reviendroit auprès d'elle, mais ses espérances furent encore trompées, il devint la victime de sa mère, qui le plaça à une partie de jeu. Elle-même fût mise, pour toute la soirée, à une autre table. Ainsi, tout plaisir fut anéanti; mais les yeux de Darcy étoient si souvent tournés de son côté, qu'il jouoit tout aussi mal qu'elle.

Mistriss Bennet avoit eu l'intention de

retenir à souper les deux Messieurs de Netherfield; mais, malheureusement, ils demandèrent leur voiture avant les autres, et il ne fut pas possible de leur proposer de rester.

— Eh bien! mesdemoiselles, dit Mistriss Bennet à ses filles, lorsque tout le monde fut loin, que dites-vous de cette journée? Je crois que tout s'est bien passé. Le dîner étoit aussi bien servi que possible. Le gibier étoit à point. Chacun s'est récrié sur la bonté du mouton. Le potage étoit mille fois meilleur que celui que nous avons eu chez les Lucas la semaine dernière; Mr. Darcy lui-même a avoué que les perdrix étoient excessivement délicates, et je suppose qu'il a au moins deux ou trois cuisiniers français. Enfin, ma chère Jane, je ne vous ai jamais vue aussi belle qu'aujourd'hui; lorsque j'ai demandé à Mistriss Long ce qu'elle pensoit de vous, que croyez-vous qu'elle ait répondu ? « Ah ! Mistriss Bennet ! nous la verrons bientôt établie à Netherfield. » C'est la vérité. Mistriss Long est la meilleure créature qu'on ait jamais vue. Ses nièces sont fort bien élevées, point jolies du tout ; je les aime beaucoup.

Mistriss Bennet étoit de très-bonne humeur ; la conduite de Bingley envers Jane avoit suffi pour la convaincre qu'il finiroit par l'épouser, et elle fut très-étonnée de ne pas le voir revenir le lendemain pour faire sa demande.

CHAPITRE VII.

Peu de jours après, Mr. Bingley vint faire visite. Il étoit seul ; son ami l'avoit quitté le matin même pour aller à Londres; il devoit revenir dans dix jours. Il resta environ une heure et fut extrêmement gai ; Mistriss Bennet voulut le retenir à dîner, mais il avoua, d'un air fort affligé, qu'il étoit engagé ailleurs.

— J'espère que nous serons plus heureux, lorsque vous reviendrez.

Mr. Bingley se confondit en remercîmens, et promit de saisir la première occasion de revenir.

— Pouvez-vous demain?

Il n'avoit aucun engagement pour le lendemain, et l'invitation fut acceptée avec joie.

Il arriva le lendemain, mais de si bonne heure, qu'aucune des dames n'étoit habillée. Mistriss Bennet, à moitié vêtue, courut à la chambre de ses filles.

— Ma chère Jane, lui dit-elle, dépêchez-vous, il est arrivé, il est là-bas ! Dépêchez-vous, mon ange ; ici, Sara, venez aider Miss Bennet à mettre sa robe, et laissez les cheveux de Lizzy.

— Nous descendrons dès que nous pourrons, dit Jane ; mais je crois que Kitty doit être plus avancée que nous dans sa toilette, car il y a plus d'une demi-heure qu'elle est montée ; elle pourroit aller recevoir Mr. Bingley.

— Oh ! laissez Kitty, qu'a-t-elle à faire là ? Où est votre ceinture, ma chère ? Allons, dépêchez-vous.

Mais lorsque sa mère fut loin, Jane ne voulut jamais descendre sans une de ses sœurs.

Le même empressement à les laisser

seuls reparut dans la soirée. Après le thé, Mr. Bennet se retira, comme à l'ordinaire, dans sa bibliothèque, et Mary remonta chez elle pour faire de la musique. Sur cinq deux étant déjà éloignés, Mistriss Bennet faisoit des signes à Kitty et à Elisabeth pour les engager à sortir de la chambre, mais cette dernière ne vouloit pas les voir, et quant à Kitty, elle lui dit très-innocemment : — Qu'est-ce que c'est, maman ? Pourquoi me faites-vous ces signes ? Que voulez-vous que je fasse ?

— Rien, mon enfant, je ne vous ai point fait de signes. Elle se contint encore cinq minutes, puis, ne pouvant se résoudre à laisser échapper une si bonne occasion, elle se leva tout-à-coup et dit à Kitty :

— Venez, mon ange, j'ai à vous parler : — et elle l'emmena dans une autre chambre. Jane jeta à Elisabeth un regard suppliant, qui lui exprimoit l'embarras que lui causoient les intentions de sa mère, et l'engageoit à ne pas s'y prêter. Un instant après, Mistriss Bennet entrouvrit la porte et dit :

— Lizzy, ma chère, j'ai un mot à vous dire.

Elisabeth fut forcée de se rendre à cette sommation.

— Il faut que nous les laissions un peu seuls, dit Mistriss Bennet. Kitty et moi nous allons monter dans ma chambre.

Elisabeth n'essaya point de discuter avec sa mère, mais elle attendit dans le vestibule jusqu'à ce qu'elle fût partie avec Kitty, et alors elle rentra dans le salon. Ainsi, les plans de Mistriss Bennet échouèrent pour ce jour-là. Bingley étoit empressé, attentif, gai et aimable, mais il ne pensoit point à faire une déclaration. Il eut à peine besoin d'une invitation pour rester à souper; et, avant de s'en aller, il prit auprès de Mistriss Bennet l'engagement de venir chasser le lendemain avec son mari.

Depuis ce jour-là Jane ne parla plus de son indifférence ni de son calme, et pas un mot de Bingley ne fut prononcé entre les deux sœurs. Elisabeth alla se coucher dans la douce persuasion que tout seroit bientôt fini, à moins pourtant que Darcy ne revînt plutôt qu'il ne l'avoit dit, quoiqu'elle crût bien cependant qu'il ne s'opposoit plus au bonheur de son ami. Bingley fut exact au rendez-vous. Il passa la journée avec Mr. Bennet, comme il en avoit été convenu. Il étoit plus aimable que ce dernier ne s'y seroit attendu. Il étoit naturel que Mr. Bennet amenât dîner chez lui son compagnon de chasse, et, dans la soirée, l'esprit de Mistriss Bennet travailloit de nouveau pour inventer un moyen de laisser Bingley seul avec sa fille. Elisabeth, qui avoit une lettre à écrire, se retira après le thé ; on alloit se mettre au jeu, elle n'étoit plus nécessaire à sa sœur pour contrecarrer les projets de sa mère. Mais en rentrant au salon, elle s'aperçut, à son extrême surprise, qu'il y avoit quelques raisons de craindre que sa mère n'eût été trop ingénieuse, car en ouvrant la porte elle vit sa sœur et Bingley seuls, debout près de la cheminée, engagés dans la plus sérieuse conversation ; et, lors même qu'elle n'auroit eu aucun soupçon, la précipitation avec laquelle ils détournèrent leurs têtes en s'éloignant l'un de l'autre, lui auroit tout révélé. Si leur position étoit embarrassante, la sienne ne l'étoit pas moins. Ils s'étoient assis tous les trois, et comme ils ne prononçoient pas une parole, Elisabeth étoit sur le point de se lever et de se retirer, lorsque Bingley, quittant sa chaise, dit quelques mots à voix basse à Jane, et s'élança hors de la chambre.

Jane ne pouvoit rien avoir de caché pour Elisabeth, surtout quand sa confiance ne devoit causer que de la joie ; elle l'embrassa tendrement et lui avoua avec la plus vive émotion, qu'elle étoit la plus heureuse créature du monde.

— C'est trop, c'est trop ! disoit-elle, je ne le mérite pas. Oh ! pourquoi tout le monde n'est-il pas aussi heureux que moi ?

Elisabeth la félicita avec une vivacité, une chaleur que les mots ne sauroient exprimer, et chacune de ses expressions de tendresse étoit une nouvelle source de bonheur pour Jane.

— Il faut, s'écria tout-à-coup Jane, que j'aille vers ma mère ; je ne dois pas tromper sa tendre sollicitude, ni permettre qu'elle apprenne mon bonheur d'un autre que de moi. Il est déjà vers mon père pour lui demander son consentement. Oh Lizzy ! quelle douceur pour moi de savoir que ce que j'ai à dire fera tant de plaisir à toute ma chère famille ! Comment puis-je supporter tant de bonheur !

Elisabeth fut rejointe, au bout de très-peu de momens, par Bingley lui-même, dont la conférence avec son père avoit été très-courte et très-heureuse.

— Où est votre sœur? dit-il en entrant dans la chambre.

— En haut, avec ma mère ; elle descendra bientôt, je suppose.

Alors il s'avança vers elle, et réclama les souhaits et la tendresse d'une sœur. Elisabeth lui exprima franchement sa joie. Cette soirée fut délicieuse pour tous. La satisfaction qu'éprouvoit Jane répandoit une douce vivacité sur sa figure et la rendoit plus belle que jamais. Kitty minaudoit, sourioit et se berçoit de l'espérance que son tour viendroit bientôt. Mistriss Bennet ne trouvoit pas des termes assez vifs pour exprimer son bonheur, et cependant elle ne pouvoit parler d'autre chose. Lorsque Mr. Bennet les rejoignit à souper, on vit dans toutes ses manières combien il étoit heureux. Cependant il ne prononça pas un mot qui eût rapport à ce qui s'étoit passé, jusqu'à ce que Bingley se fût retiré; alors, se tournant du côté de sa fille, il lui dit :

— Jane, vous serez une heureuse femme !

Jane lui baisa la main.

— Vous êtes une bonne fille, lui dit-il, et j'ai un grand plaisir à penser que vous serez si bien établie; je ne doute pas que vous ne vous conveniez très-bien, vos caractères ne présentent pas de grands contrastes; vous êtes tous deux si complaisans, qu'il n'y aura jamais de discussions; si faciles, que tous les domestiques vous tromperont ; et si généreux, que vous dépenserez toujours plus que votre revenu.

— Dépenser plus que leur revenu ! mon cher Mr. Bennet, s'écria sa femme, Que dites-vous ? Il a quatre mille livres de rente et peut-être davantage ! Puis, s'adressant à sa fille : — Je suis si heureuse, ma chère Jane ! Je suis sûre que je ne fermerai pas l'œil de toute la nuit ! Je savois bien que cela arriveroit ! J'ai toujours dit qu'il falloit que cela fût ainsi. J'étois sûre que le Ciel ne vous avoit pas fait si belle pour rien. Je me souviens que la première fois que je le vis, je pensois que probablement un jour vous seriez unie à lui ! Oh ! c'est le plus beau jeune homme que j'aie jamais vu !

Wikam, Lydie, tout étoit oublié ! Jane étoit son enfant bien-aimé ; et dans ce moment elle ne pensoit point aux autres. Elle la voyoit déjà entourée de tout le luxe et l'élégance que peut donner la fortune. Kitty demandoit qu'on eût des bals à Netherfield tous les hivers, et Mary qu'on lui permît de faire usage de la bibliothèque.

Depuis ce moment là Bingley, comme on le pense bien, passoit ses journées à Longbourn, venant très-souvent avant le déjeuner et restant toujours après le souper, à moins cependant que quelque cruel voisin, qu'on ne pouvoit assez détester, ne l'invitât à dîner et qu'il ne se crût obligé d'accepter.

Elisabeth trouvoit rarement l'occasion de parler avec sa sœur; car tant que Bingley étoit présent, Jane ne s'occupoit que de lui; mais elle leur étoit fort utile à tous deux dans les momens de séparation, qu'il étoit impossible d'éviter. Lorsque Jane étoit quelques instans absente, Bingley parloit d'elle à Elisabeth; et quand Bingley n'y étoit pas, Jane recouroit aux mêmes moyens de consolation.

— Que je suis heureuse ! disoit-elle un soir; il m'a dit qu'il avoit absolument ignoré que je fusse à Londres le printemps dernier.

— Je le soupçonnois fort, dit Elisabeth; vous a-t-il expliqué comment cela avoit pu se faire ?

— Ses sœurs le lui avoient caché; il paroît bien certain qu'elles n'étoient pas satisfaites de notre liaison, et je n'en suis pas surprise, puisqu'elles avoient fait un choix si avantageux pour lui sous tous les rapports. Mais j'espère que lorsqu'elles verront leur frère heureux, elles ne seront plus fâchées qu'il se soit attaché à moi, et que nous vivrons fort bien ensemble; cependant je ne crois pas que nous puissions jamais redevenir ce que nous avons été.

— Voilà le discours le plus rempli de ressentiment que je vous aie jamais entendu prononcer, dit Elisabeth. Excellente personne ! je serois bien en colère si je vous voyois de nouveau la dupe de la prétendue amitié de Miss Bingley.

— Croirez-vous, Lizzy, que lorsqu'il partit pour Londres au mois de Novembre, il m'aimoit véritablement, et que ce ne fut que la conviction de mon indifférence qui pût l'empêcher de revenir ?

— Il est sûr qu'il s'est bien laissé tromper, mais cela même fait l'éloge de sa modestie.

Cette réflexion amena tout naturellement Jane à parler des bonnes qualités de Bingley.

Elisabeth fut charmée de voir qu'il n'avoit point inculpé son ami ; car, quoique Jane eût le cœur le plus généreux du monde, il eût été bien difficile que les circonstances de cette affaire, si elle les eût connues, ne lui eussent pas donné de la prévention contre Mr. Darcy.

— Je suis la plus heureuse créature du monde ! s'écrioit Jane. Oh Lizzy ! pourquoi ai-je été ainsi choisie et bénie entre toutes ! Ah ! si je pouvois vous voir aussi heureuse que moi ! S'il y avoit un autre Bingley pour vous !

— Je ne serai jamais aussi heureuse que vous ! Tant que je n'aurai pas votre excellent caractère, votre angélique bonté, je ne puis avoir votre bonheur ! Non, laissez-moi me changer moi-même; et ensuite, si mon heureuse étoile le permet, je pourrai peut-être retrouver un autre Mr. Collins.

On ne pouvoit garder le secret long-temps à Longbourn sur le mariage de Jane; on permit à Mistriss Bennet d'en dire un mot à l'oreille à Mistriss Phillips, qui, sans permission, le dit à tous ses voisins, et bientôt les Bennet passèrent dans tout le voisinage pour une famille destinée au bonheur, quoique peu de semaines auparavant, lors de l'enlèvement de Lydie, on les avoit cru nés pour l'infortune.

CHAPITRE VII.

Environ huit jours après que Bingley eut demandé la main de Jane, un matin qu'il étoit avec les dames de la famille dans la salle à manger, ils furent attirés à la fenêtre par le bruit d'un équipage, et virent une chaise de poste à quatre chevaux qui entroit dans l'avenue: c'étoit trop tôt pour une visite ; d'ailleurs c'étoient des chevaux de poste, et ni le carosse, ni la livrée du domestique qui le précédoit, ne leur étoient connus. Cependant comme il étoit bien sûr que c'étoit quelqu'un qu'il faudroit recevoir, Bingley engagea Miss Bennet à se soustraire à cet ennui en allant se promener avec lui dans le verger ; ils s'échappèrent tous les deux, laissant les autres faire des conjectures sur cette visite inconnue, jusqu'au moment où la porte s'ouvrit et où l'on annonça Lady Catherine de Bourgh.

La surprise que causa cette apparition soudaine ne peut se décrire, et celle d'Elisabeth fut encore plus grande que celle de sa mère et de Kitty.

Lady Catherine entra dans la chambre avec un air encore moins gracieux qu'à l'ordinaire; elle ne répondit à l'accueil d'Elisabeth que par un simple signe de tête, et s'assit sans dire un mot; Elisabeth l'avoit nommée à sa mère, quoique sa Seigneurie n'eût point demandé à lui être présentée.

Mistriss Bennet, extrêmement flattée de la visite d'une aussi grande dame, s'efforçoit de la recevoir avec toute la politesse imaginable. Après avoir gardé le silence quelques instans, Lady Catherine dit fort séchement à Elisabeth :

— J'espère que vous êtes bien, Miss

Bennet ? Cette dame est votre mère, je suppose ?

Elisabeth répondit un oui fort bref.

— Et celle-ci, une de vos sœurs, je pense ?

— Oui, Madame, répondit Mistriss Bennet, qui étoit ravie de parler à Lady Catherine, c'est une des cadettes ; la plus jeune de toutes s'est mariée dernièrement, et l'aînée se promène dans ce moment avec un jeune homme qui sera bientôt son époux.

— Vous avez un très-petit parc ici, reprit Lady Catherine après une légère pause.

— Ce n'est rien en comparaison de celui de Rosing, dit Mistriss Bennet ; cependant je vous assure, Milady, qu'il est encore beaucoup plus grand que celui de sir Williams Lucas.

— Cette chambre doit être bien incommode en été, car les fenêtres sont au couchant.

Mistriss Bennet l'assura qu'on ne s'y tenoit jamais après le dîner.

— Puis-je prendre, ajouta-t-elle, la liberté de demander à votre Seigneurie si elle a laissé Mr. et Mistriss Collins en bonne santé ?

— Oui, très-bonne; je les vis avant-hier au soir.

Elisabeth croyoit qu'elle alloit lui remettre une lettre de Charlotte; il lui sembloit que ce pouvoit être le seul motif de sa visite; mais Lady Catherine n'en parlant point, sa curiosité commença à être vivement excitée.

Mistriss Bennet offrit quelques rafraîchissemens à sa Seigneurie ; mais Lady Catherine refusa très-nettement, sinon très-poliment, de rien prendre ; et, se levant tout-à-coup, elle dit à Elisabeth :

— Miss Bennet, il me semble qu'il y y a quelque chose d'assez joli, d'assez sauvage vers ce côté de votre prairie ;

je serois bien aise d'y aller faire un tour, si vous voulez m'accompagner.

— Allez, ma chère, s'écria sa mère, et faites voir toutes les promenades à sa Seigneurie; je pense que l'hermitage lui plaira. — Elisabeth obéit, et sortit avec sa noble visite. En traversant le vestibule, Lady Catherine ouvrit toutes les portes du salon et de la salle à manger; et après un léger examen, elle prononça que c'étoient d'assez bonnes chambres.

Son carosse étoit à la porte, Elisabeth en passant y vit sa femme de chambre. Elles suivirent en silence le chemin qui conduisoit au petit bois; Elisabeth étoit fort décidée à ne faire aucun effort pour entretenir la conversation avec une femme qui étoit encore plus insolente et plus désagréable qu'à l'ordinaire. Dès qu'elles furent entrées dans le petit bois, Lady Catherine commença à parler de la manière suivante :

— Vous devez comprendre, Miss Bennet, le motif de ma visite; votre cœur et votre conscience doivent vous dire pourquoi je suis venue.

Elisabeth étoit très-étonnée.

— En vérité, Madame, vous vous trompez, je ne sais pas du tout à quelle cause attribuer l'honneur que j'ai de vous voir ici.

— Miss Bennet, répliqua sa Seigneurie, vous devez savoir qu'on ne doit point plaisanter avec moi. Mais si vous ne voulez pas être sincère, vous ne me trouverez pas de même; mon caractère a toujours été renommé par sa franchise, et dans ce moment-ci je ne m'en écarterai certainement pas. Un bruit de la nature la plus alarmante est parvenu jusqu'à moi depuis deux jours. On m'a dit que non-seulement une de vos sœurs étoit sur le point de se marier très-avantageusement, mais encore que vous, que Miss

Elisa Bennet seroit, selon toute probabilité, bientôt unie à mon neveu, mon propre neveu, Mr. Darcy! Quoique je sache fort bien que c'est une scandaleuse calomnie, et que je ne lui fasse point l'injure de supposer qu'un pareil bruit puisse avoir jamais le moindre fondement, je me suis décidée à partir à l'instant même pour venir ici vous faire connoître mes sentimens.

— Si vous croyez à l'impossibilité de la chose, dit Elisabeth en rougissant de surprise et d'indignation, je suis étonnée que vous ayez pris la peine de venir de si loin. Que se proposoit donc votre Seigneurie?

— D'insister pour que ce conte fût réfuté.

— Votre voyage à Longbourn, pour me voir ainsi que ma famille, répondit froidement Elisabeth, confirmeroit plutôt un pareil bruit, s'il existe.

— S'il existe! Ainsi, vous prétendez

l'ignorer ? Ne l'avez-vous pas habilement répandu vous-même ? Ne savez-vous pas qu'il circule au loin ?

— Je n'en avois jamais entendu parler.

— Et pouvez-vous aussi bien déclarer qu'il n'a aucun fondement ?

— Je ne prétends point avoir autant de franchise que votre Seigneurie : vous pourriez me faire des questions auxquelles je ne serois pas disposée à répondre.

— Je ne puis supporter cela, Miss Bennet, et j'insiste pour que vous me répondiez. Mon neveu vous a-t-il fait une proposition de mariage ?

— Votre Seigneurie a déclaré que c'étoit impossible !

— Oui, ce doit être ainsi, et ce sera ainsi tant qu'il aura l'usage de sa raison. Mais vos artifices et vos séductions pourroient, dans un moment de folie, lui avoir fait oublier ce qu'il se doit à lui-même et à toute sa famille; vous pourriez l'avoir entraîné.

— Si c'étoit ainsi, je serois la dernière personne à l'avouer.

— Miss Bennet, savez-vous qui je suis? Je n'ai pas été accoutumée à un pareil langage; je suis la plus proche parente de Mr. Darcy, et j'ai des droits à connoître ses plus chers intérêts.

— Mais, Madame, vous n'avez aucun droit à connoître les miens, et une conduite comme la vôtre ne pourra jamais m'engager à m'expliquer.

— Permettez-moi, Miss Bennet, de parler franchement. Cette union, à laquelle vous avez la présomption d'aspirer, ne peut jamais avoir lieu, non jamais! Mr. Darcy est promis à ma fille : Maintenant, qu'avez-vous à dire?

— Rien, Madame; s'il est promis, vous ne pouvez avoir aucune raison de supposer qu'il ait demandé ma main.

Lady Catherine hésita un moment, puis elle répondit :

— L'engagement qui existe entre eux est d'une espèce particulière. Dès leur enfance ils furent destinés l'un à l'autre; c'étoit le souhait le plus ardent de sa mère, aussi bien que le mien; ils étoient encore au berceau, que nous projettions leur union; et maintenant que le vœu des deux sœurs pourroit être accompli, faut-il qu'il soit traversé par une jeune femme d'une naissance si inférieure, qui ne jouit d'aucune considération dans le monde, et qui est tout-à-fait inconnue à notre famille? N'avez-vous aucun égard pour ses amis, pour son engagement tacite avec Miss de Bourgh? Avez-vous donc perdu tout sentiment de délicatesse et de convenance? Ne m'avez-vous pas entendu dire que, dès ses plus jeunes années, il étoit destiné à sa cousine?

— Oui, et je le savois même avant

de vous connoître ; mais que me fait tout cela ? S'il n'y avoit pas d'autres obstacles à mon union avec votre neveu, ce n'est pas certainement ce qui l'empêcheroit. Si Mr. Darcy n'est engagé avec sa cousine, ni par sa parole ni par inclination, pourquoi ne pourroit-il pas faire un autre choix ? et si ce choix tomboit sur moi, pourquoi ne l'accepterois-je pas ?

— Parce que l'honneur, les convenances, la prudence, et même votre intérêt vous le défendent, car n'espérez pas être jamais reconnue par ses parens et ses amis. Si vous agissez contre leurs désirs, vous serez blâmée, abandonnée et méprisée par tous ceux qui sont liés avec lui. Nous considérerons votre alliance comme un déshonneur, et votre nom ne sera jamais prononcé parmi nous.

— Ce sont en effet de terribles infortunes, répondit Elisabeth ; mais la femme de Mr. Darcy aura tant d'autres moyens de bonheur, qu'elle pourra bien ne pas en être accablée.

— Femme obstinée ! je suis honteuse pour vous ! Est-ce là toute votre reconnaissance des bontés que j'ai eues le printemps dernier? Ne me devez-vous rien? Mais asseyons-nous. Vous comprendrez, Miss Bennet, que je suis venue dans la ferme résolution de venir à bout de mon projet; je n'en serai point dissuadée ; je n'ai pas été accoutumée à me plier aux volontés de personne, et je n'ai point l'habitude des mécomptes.

— C'est ce qui rend la position actuelle de votre Seigneurie plus fâcheuse; mais cela n'a aucune influence sur moi.

— Je ne veux pas être interrompue; écoutez-moi en silence : Ma fille et mon neveu sont nés l'un pour l'autre. Du côté maternel ils descendent d'une famille noble; et du côté paternel, de familles anciennes et respectables, quoique non titrées; leurs fortunes sont superbes des deux côtés; tous les membres de leurs familles respectives désirent cette union. Qui pourroit les séparer? Sera-ce les prétentions ridicules d'une jeune femme sans famille, sans amis, sans fortune? Non, cela ne sera pas, et si vous connoissiez bien vos intérêts, vous ne désireriez pas de sortir de la sphère où vous êtes née.

— Je ne croirois point quitter cette sphère, en épousant votre neveu; il est gentilhomme, et je suis la fille d'un gentilhomme; ainsi nous sommes égaux.

— Il est vrai, vous êtes fille d'un gentilhomme; mais qu'étoit votre mère? que sont vos oncles et vos tantes? Ne croyez pas que j'ignore leur condition.

— Quels que soient mes parens, répondit Elisabeth, s'ils ne sont pas des obstacles pour votre neveu, ils ne doivent en être pour personne.

— Finissons. Dites-moi, une fois pour toutes, êtes-vous engagée avec lui?

— Je ne le suis pas, répondit Elisabeth.

Lady Catherine eut l'air enchanté.

— Eh bien, promettez-moi de ne jamais vous engager avec lui.

— Je ne ferai jamais aucune promesse de cette espèce.

— Miss Bennet, je suis étonnée, révoltée! Je m'attendois à trouver une jeune personne plus raisonnable; mais ne vous bercez pas de l'idée que je me dédirai jamais; je ne m'en irai point que vous ne m'ayez fait la promesse que je vous demande.

— Je ne la ferai certainement pas; je ne saurois être intimidée par des menaces aussi ridicules. Votre Seigneurie désire que Mr. Darcy épouse sa fille, mais la promesse que vous voulez que je vous fasse rendroit-elle son mariage plus probable ? Supposez qu'il me soit attaché, mon refus d'accepter sa main lui feroit-il désirer de l'offrir à sa cousine ? Permettez-moi de vous dire, Madame, que les raisonnemens dont vous avez appuyé cette étrange requête, sont aussi frivoles que la requête étoit mal imaginée; et vous avez bien mal connu mon caractère, si vous avez cru que je pusse être influencée par tout ce que vous venez de dire. Je ne sais pas jusqu'à quel point Mr. Darcy approuve que vous vous ingériez ainsi dans ses affaires, mais vous n'avez certainement aucun droit de vous mêler des miennes; ainsi, je vous demande de ne plus m'importuner sur ce sujet.

— Ne vous hâtez pas tant de terminer, je ne vous ai pas encore dit tous les obstacles que je vois à votre mariage avec mon neveu; il en est un dont je n'ai pas encore parlé. Je n'ai point ignoré l'enlèvement de votre sœur cadette, et toutes les particularités de son infâme conduite. Je sais qu'on n'a pu obtenir du jeune homme qu'il l'épousât, qu'en faisant un arrangement d'argent avec votre père et vos oncles; et une telle personne seroit belle-sœur de mon neveu ! et il auroit pour beau-frère le fils de l'intendant de son père ! Ciel et terre ! à quoi pensez-vous ! les ombrages de Pemberley seront-ils ainsi souillés ?

— Vous ne pouvez avoir rien d'autre à me dire, répondit Elisabeth ; vous m'avez offensée de toutes les manières, je dois vous prier de finir cet entretien et de revenir à la maison. — En parlant ainsi, elle se leva, Lady Catherine se leva aussi, et elles retournèrent sur leurs pas. Sa Seigneurie étoit courroucée.

— Vous n'avez aucun égard pour l'honneur et la réputation de mon neveu ? Fille insensible et intéressée ! ne voyez-vous pas qu'une alliance avec vous le déshonoreroit aux yeux de tout le monde ?

— Lady Catherine, je n'ai plus rien à vous répondre, vous connoissez mes sentimens.

— Vous êtes donc décidée à l'épouser ?

— Je n'ai pas dit cela. Je suis seulement décidée à me conduire selon ce qui me conviendra, sans prendre conseil de gens qui me sont parfaitement étrangers.

— Vous refusez donc de m'obliger ? Vous refusez d'obéir à la voix du devoir, de l'honneur et de la reconnoissance ? Vous voulez le perdre dans l'opinion, le rendre l'objet du mépris général.

— Le devoir, l'honneur et la reconnoissance auront toujours leurs droits sur moi, répondit Elisabeth, mais je ne viole aucun de leurs principes en épousant Mr. Darcy; et quant au ressentiment de sa famille ou au mépris du monde, si le premier étoit excité par son mariage avec moi, il ne me donneroit pas un instant d'inquiétude ; le monde est trop juste pour que je craigne son jugement dans cette occasion.

— Ainsi, voilà votre dernière résolution ? Fort bien. Je sais à présent ce qu'il me reste à faire ; n'imaginez pas, Miss Bennet, de réussir dans vos projets, votre ambition ne sera point satisfaite ; je suis venue pour vous éprouver ; j'espérois vous trouver plus raisonnable, mais comptez que je saurai bien empêcher mon neveu de se perdre.

Elles se trouvèrent alors près de la voiture de Lady Catherine, qui, se tournant brusquement, lui dit :

— Je ne prends point congé de vous, Miss Bennet, et je ne vous charge d'aucuns complimens pour votre famille ; vous ne méritez aucun égard. Je suis extrêmement mécontente.

Elisabeth ne répondit point, et rentra tranquillement dans la maison sans offrir à sa Seigneurie de s'y reposer. Peu d'instans après elle entendit partir la voiture. Sa mère l'attendoit avec impatience à la porte de sa chambre pour lui demander si Lady Catherine vouloit rentrer et prendre quelques rafraîchissemens.

— Non, lui répondit Elisabeth, elle a préféré s'en aller.

— C'est une belle femme encore, dit Mistriss Bennet, et sa visite est bien obligeante, car je suppose qu'elle est seulement venue pour nous donner des nouvelles des Collins. Elle va sans doute à quelqu'autre endroit, et en passant par Méryton, elle aura eu l'idée de s'arrêter ici. N'est-ce pas aussi votre avis ?

Elisabeth fut forcée de faire un léger mensonge, il lui étoit impossible d'avouer le sujet qui avoit amené Lady Catherine.

CHAPITRE VIII.

Le trouble dans lequel cette étrange visite avoit jetté Elisabeth, ne put se dissiper facilement. Lady Catherine avoit donc pris la peine de venir à Longbourn, dans la seule intention de chercher à rompre cet engagement supposé avec Mr. Darcy? Mais d'où pouvoit venir ce bruit? Elisabeth ne savoit qu'imaginer. Enfin elle pensa que le mariage de Bingley, ami intime de Mr. Darcy, avoit donné lieu à beaucoup de conjectures, et que le bruit qui la concernoit en étoit la conséquence naturelle. Elle n'avoit pas été la dernière à imaginer que le mariage de Jane devoit la rapprocher de Mr. Darcy, en leur donnant l'occasion de se voir plus fréquemment ; et leurs voisins Lucas avoient surement arrangé et regardé comme certain ce qui n'étoit que possible. Ce devoit être par leur communication avec les Collins, que ce bruit avoit pu parvenir jusqu'aux oreilles de Lady Catherine. Elle pensoit avec inquiétude, que sa Seigneurie, ayant échoué auprès d'elle, alloit s'adresser à son neveu lui-même. Elle ne connoissoit pas jusqu'où pouvoit aller sa tendresse pour sa tante, et sa confiance en elle ; mais elle n'étoit que trop sûre qu'elle l'attaqueroit par son côté faible, en lui représentant tous les désagrémens que lui procureroit une alliance avec une personne dont les relations étoient si différentes des siennes. Il étoit probable qu'il trouveroit beaucoup de bon sens et de solidité dans des argumens, qui n'avoient paru à Elisabeth que foibles et ridicules.

— Ainsi donc pensoit-elle, s'il ne tient pas sa promesse de revenir à Netherfield, je saurai que Lady Catherine est parvenue à détruire le reste de tendresse qu'il avoit pour moi! Mais si de semblables considérations peuvent l'engager à renoncer à ma main je ne dois pas le regretter.

La surprise de toute la famille, en apprenant la visite de Lady Catherine, fut extrême; cependant chacun ayant eu la bonté de se contenter de l'explication qui avoit satisfait la curiosité de Mistriss Bennet; Elisabeth put se dispenser d'en dire davantage.

Le lendemain, en descendant l'escalier, elle rencontra son père qui sortoit de la bibliothèque.

— Lizzy, lui dit-il, j'allois vous chercher, venez dans mon cabinet.

Sa curiosité étoit encore augmentée par l'idée que la lettre que son père tenoit à la main avoit peut-être rapport à elle ; elle imagina tout à coup qu'elle pouvoit être de Lady Catherine, et elle frémit de toutes les explications auxquelles cela devoit donner lieu.

Son père la fit asseoir auprès de son feu, et commença ainsi :

— J'ai reçu une lettre ce matin qui m'a fort étonné, et comme elle vous concerne principalement, je dois vous la faire connoître. Je ne savois pas que j'eusse deux filles sur le point de se marier ; permettez moi de vous féliciter de la brillante conquête que vous avez faite.

Une vive rougeur couvrit à l'instant la figure d'Elisabeth qui s'étoit persuadée que cette lettre venoit du neveu et non de la tante ; elle cherchoit déjà dans son cœur, si elle étoit bien aise qu'il s'expliquât enfin tout-à-fait ; ou fâchée qu'il ne se fût pas plutôt adressé à elle ; lorsque son père continua :

— Mais vous avez l'air de le savoir déjà, les jeunes personnes ont une bien grande pénétration pour les choses de ce genre. Cependant je crois pouvoir vous défier, malgré votre sagacité, de deviner le nom de votre adorateur; cette lettre est de Mr. Collins.

— M. Collins? Et que peut-il avoir à vous dire?

— Quelque chose de très-intéressant. Il commence par me féliciter sur le mariage de ma fille ainée, qu'il paroît avoir appris par quelqu'une des bonnes commères Lucas; mais je ne veux point faire languir votre impatience, écoutez donc ce que dit votre cousin.

» Vous ayant fait mes sincères félicitations et celles de Miss. Collins, sur cet heureux événement; permettez-moi d'ajouter quelques mots sur une nouvelle que nous tenons de la même source: On croit que votre fille

Elisabeth ne portera pas long-temps le nom de Bennet après que sa sœur aînée l'aura quitté ; et l'on peut raisonnablement considérer l'homme qu'elle a choisi, comme l'un des personnages les plus illustres de ce pays. »

— Devinez-vous, Lizzy, qui ce peut être ?

« Ce jeune homme est particulièrement comblé de tous les biens que peut désirer un mortel ; une superbe propriété, une famille noble, un patronage très-étendu. Cependant, malgré des avantages aussi séducteurs, permettez-moi de vous avertir ainsi que votre fille Elisabeth, des maux auxquels vous vous exposerez en acceptant trop précipitamment les propositions de ce jeune homme, comme il est naturel que vous le fassiez. »

— Avez-vous quelque idée, Lizzy, de ce que peut être ce jeune homme ? Mais patience, vous allez le savoir.

« Les motifs que j'ai pour vous recommander une extrême prudence, sont, que nous avons des raisons de croire que Lady Catherine ne voit pas ce mariage de bon œil. »

— Vous voyez que ce jeune homme est Mr. Darcy ! J'espère, Lizzy, que vous êtes surprise ! Pouvoit-on choisir, dans le cercle de toutes nos connoissances, un homme dont le nom seul démentît plus formellement la nouvelle qu'ils ont forgée ? Mr. Darcy, qui ne jette jamais les yeux sur une femme que pour la critiquer, et qui ne vous a probablement jamais dit quatre mots de suite ! cela est admirable !

Elisabeth s'efforçoit de prendre part aux plaisanteries de son père, mais elle pouvoit à peine sourire ; il n'avoit jamais exercé son esprit d'une manière qui lui fût moins agréable.

— Cela ne vous amuse-t-il pas ?

— Oh oui, beaucoup ! Je vous prie, continuez.

« Lorsque nous avons parlé de la possibilité de ce mariage à sa Seigneurie, hier au soir, elle s'est exprimée avec sa bonté ordinaire, et il m'a paru évident, d'après quelques réflexions qu'elle a faites sur la famille de ma cousine, qu'elle n'accorderoit jamais son consentement à ce qu'elle appeloit une alliance aussi déshonorable. J'ai pensé qu'il étoit de mon devoir d'en donner avis le plus promptement possible à ma cousine et à son noble adorateur, afin qu'ils voient ce qu'ils ont à faire, et qu'ils ne précipitent pas un mariage qui ne seroit pas convenablement sanctionné. »

Mr. Collins ajoutoit encore :

« Je suis vraiment satisfait que la triste affaire de ma cousine Lydie ait été si vite étouffée ; je suis seulement fâché que le scandale de sa conduite

6*

avant son mariage ait été généralement connu. Je ne dois cependant pas négliger les devoirs de ma place, et dissimuler l'étonnement que j'ai ressenti en apprenant que vous aviez reçu ces jeunes gens dans votre maison, dès qu'ils ont été mariés. C'étoit donner un encouragement au vice; et si j'avois été le Pasteur de Longbourn, je m'y serois opposé. Comme chrétien, vous deviez certainement leur pardonner; mais vous ne deviez jamais les admettre en votre présence, ni permettre qu'on prononçât jamais leurs noms devant vous. »

« Le reste de la lettre rouloit sur l'état de sa chère Charlotte et sur ses espérances d'avoir bientôt un jeune rejeton, héritier des vertus de sa mère et des sentimens de son père, etc. etc.

— Mais, Lizzy, il semble que cela ne vous amuse point du tout. J'espère cependant que vous ne prétendez pas vous offenser d'un bruit aussi dénué de fondement ; car, que faisons-nous autre chose nous-mêmes que de nous occuper tout le jour de nos voisins et de nous en moquer?

— Oh ! s'écria Elisabeth, cela me divertit extrêmement ! C'est cependant bien extraordinaire !

— C'est précisément ce qui rend la chose plus plaisante. S'ils avoient choisi un autre homme, il n'y auroit rien eu de comique à cela, mais la parfaite indifférence de Mr. Darcy et votre aversion bien décidée pour lui, rendent ce conte déliciensement absurde ! Malgré mon horreur pour écrire, je n'abandonnerois pas la correspondance de Mr. Collins pour rien au monde, et je vous assure qu'en lisant cette lettre je le préférois presque à Wikam pour sa stupidité emphatique, malgré que j'apprécie beaucoup l'impudence et l'hypocrisie de ce dernier. Et je vous prie, Lizzy, qu'a dit Lady Catherine ? Refuse-t-elle son consentement ?

Elisabeth ne répondit à cette question que par un éclat de rire ; jamais elle n'avoit été plus embarrassée ; voulant déguiser ses sentimens, elle se mit à rire pour ne pas pleurer ; son père l'avoit cruellement mortifiée par tout ce qu'il lui avoit dit sur l'indifférence de Mr. Darcy.

CHAPITRE IX.

Peu de jours après la visite de Lady Catherine, Mr. Darcy loin de s'excuser auprès de son ami, comme le craignoit Élisabeth, revint à Netherfield. Monsieur Bingley l'amena un matin à Long-bourgn. Mistriss Bennet n'avoit pas encore eu le temps de dire à Mr. Darcy que sa tante étoit venue leur faire visite, lorsque Bingley proposa une promenade. Mistriss Bennet n'avoit point l'habitude de marcher, et Mary ne vouloit pas perdre son temps ; ainsi les cinq autres partirent ensemble. Bingley et Jane, restèrent bientôt en arrière, comme à l'ordinaire, tandis qu'Elisabeth et Kitty furent en avant avec Mr. Darcy. La conversation étoit peu animée, Kitty avoit trop peur de lui, pour oser parler, Elisabeth méditoit en secret une résolution désespérée, et peut-être la même idée occupoit-elle Darcy.

Ils dirigèrent leur promenade du côté de Lucas-Lodge ; Kitty vouloit aller voir Maria, Elisabeth ne voyoit aucune nécessité d'y aller aussi. Alors Kitty les quitta, et sa sœur continua courageusement sa promenade avec Mr. Darcy. C'étoit le moment d'exécuter sa résolution, pendant qu'elle en avoit la force.

— Vous me trouverez peut-être, dit-elle, une personne bien égoïste si dans le but de soulager mes propres sentimens, je ne crains pas de blesser les vôtres ; mais je ne puis m'empêcher plus long-temps de vous remercier de la bonté sans exemple que vous avez eue pour ma pauvre sœur. Depuis que j'en ai été instruite, j'ai désiré ardemment pouvoir vous exprimer combien j'en ai été touchée! Si le reste de ma famille le savoit, je ne serois pas la seule à vous en témoigner de la reconnoissance.

— Je suis fâché, extrêmement fâché, dit Darcy d'un air surpris et ému, que vous ayez été instruite d'une chose, qui pouvoit peut-être, quoique bien à tort, vous donner quelque embarras.... Je ne croyois pas qu'on dût avoir si peu de confiance en Mistriss Gardiner.

— Vous ne devez pas blâmer ma tante, reprit Elisabeth, l'étourderie de Lydie a trahi la part que vous avez prise à ce qui la concernoit, et vraiment je ne pouvois être tranquille jusqu'à ce que j'en connusse tous les détails. Permettez-moi de vous remercier encore au nom de toute ma famille, de la généreuse compassion qui vous a porté à prendre tant de peine, à supporter tant de mortifications et à faire tant de sacrifices, pour des êtres qui vous étoient si étrangers!

— Si vous voulez me remercier, que ce soit pour vous seule! répondit-il, je ne puis nier que le désir de vous procurer quelque consolation, n'ait ajouté beaucoup de force aux motifs qui m'ont dirigé dans cette occasion. Votre famille ne me doit rien, quoique je la respecte et la considère infiniment, je ne pensois qu'à vous.

Elisabeth étoit trop embarrassée pour pouvoir répondre un seul mot; après un instant de silence il ajouta:

— Vous êtes trop généreuse pour vouloir vous jouer de moi. Si vos sentimens sont les mêmes que le printemps dernier, dites le moi sans déguisement. Mon amour et mes désirs ne sont point changés, mais un seul mot de votre bouche me condamnera au silence pour toujours.

Elisabeth vivement émue et voulant répondre à sa franchise, rassembla toutes ses forces et lui fit entendre, non sans embarras, que ses sentimens avoient tellement changé depuis cette époque, qu'elle recevoit avec plaisir et reconnoissance les assurances qu'il venoit de lui donner. Cette réponse fit éprouver à Mr. Darcy le bonheur le plus grand qu'il eut jamais connu; il s'exprima dans cette occasion avec autant de chaleur et de sensibilité que pouvoit le faire un homme transporté d'amour. Si Elisabeth avoit osé lever les yeux, elle auroit vu combien l'expression du bonheur donnoit de charmes à sa figure; mais si elle n'osoit le regarder, au moins elle l'entendoit. Tout ce qu'il lui dit de ses sentimens lui rendit sa tendresse d'autant plus précieuse, qu'elle vit combien elle étoit vive et respectueuse.

Ils marchoient toujours sans s'embarrasser où ils alloient, ils avoient trop à penser, à sentir et à dire pour pouvoir songer à autre chose. Elisabeth apprit bientôt qu'elle devoit la déclaration de Mr. Darcy, aux efforts de sa tante, qui avoit été le voir à Londres et lui avoit raconté sa visite à Longbourn, ainsi que les motifs et les détails de la conservation qu'elle avoit eue avec Elisabeth. Elle avoit appuyé avec emphase sur toutes les paroles de cette dernière, qui, dans l'opinion de sa Seigneurie, prouvoient par dessus tout son ambition et son insolence. Elle croyoit qu'un tel récit devoit lui faire obtenir de son neveu la promesse qu'Elisabeth avoit refusé de faire; mais malheureusement pour sa Seigneurie, ce récit eût un effet absolument contraire.

— Cela m'apprit, dit-il, ce que je ne m'étois jamais permis de supposer... Je connoissois assez votre caractère pour être sûr, que si vous aviez été aussi prévenue contre moi que le printemps dernier, et absolument décidée à ne jamais accepter ma main, vous l'auriez franchement dit à Lady Catherine.

Elisabeth ne put s'empêcher de rire ;

— Vraiment dit-elle, vous connoissez assez ma franchise pour m'en croire capable ? et après vous avoir si fort maltraité en face, vous pensez que je n'aurois pas eu de scrupule à témoigner mes sentimens sur votre compte à vos parens ?

— Qu'avez-vous dit de moi qui ne fut mérité ? car quoique vos accusations fussent mal fondées, ma conduite vis-à-vis de vous dans ce moment, méritoit les reproches les plus sévères ; elle étoit impardonnable, et je ne puis y penser sans indignation.

— Ne nous disputons point pour savoir lequel de nous deux étoit le plus blâmable ce jour-là, dit Elisabeth, notre conduite à l'un et à l'autre, si on l'examinoit de bien près, seroit loin d'être irréprochable, mais j'espère que depuis lors nous avons fait des progrès dans la politesse.

— Je ne puis pas me reconcilier si facilement avec moi-même. Le souvenir de ma conduite, de mes manières, de mes expressions, m'a été depuis bien des mois extrêmement pénible ; et surtout les reproches si bien mérités que vous me fîtes alors, et que je n'oublierai jamais. « *Si vous vous étiez conduit en homme comme il faut.* » C'étoient vos propres expressions ; vous ne pouvez savoir combien elles m'ont tourmenté! Mais c'étoit je l'avoue quelque temps avant que je fusse devenu assez raisonnable pour sentir combien elles étoient justes.

— J'étois bien éloignée de penser qu'elles feroient une impression si vive! Je n'avois pas la plus légère idée qu'elles pussent être senties de cette manière.

— Je le crois ; vous pensiez alors que j'étois dépourvu de toute sensibilité. Je n'oublierai point l'expression avec laquelle vous me dîtes, que de quelque manière que je me fusse adressé à vous, je n'aurois jamais pu vous engager à accepter ma main.

— Ah ! ne répétez pas ce que je vous ai dit alors, j'en ai trop rougi depuis.

Darcy parla ensuite de sa lettre :
— Vous donna-t-elle un peu meilleure idée de moi ? Ajoutâtes-vous foi, à ce qu'elle contenoit ?

Elle lui raconta l'effet qu'elle avoit produit, et comment peu à peu tous ses anciens préjugés s'étoient évanouis.

— Je savois, reprit-il, que ce que j'écrivois devoit vous faire de la peine, mais c'étoit nécessaire. J'espère que vous avez brûlé cette lettre ; je ne voudrois pas que vous pussiez la relire, il y avoit, surtout au commencement, quelques expressions qui pourroient vous engager à me haïr.

— La lettre sera certainement brûlée, si vous croyez la chose nécessaire à la conservation de mon estime pour vous; mais, quoique nous ayons l'un et l'autre quelques raisons de croire que nos opinions ne sont pas invariables, j'espère cependant qu'à présent nous n'en changerons plus.

— Lorsque j'écrivis cette lettre, reprit Darcy, je me croyois de sang froid, mais depuis j'ai été bien convaincu du contraire, et j'ai craint d'y avoir mis bien de l'amertume.

— La lettre commençoit peut-être avec amertume, dit Elisabeth, mais elle ne finissoit pas ainsi, son adieu est celui de la charité même. Mais ne parlons plus de cette lettre; les sentimens de celui qui l'a écrite et de celle qui l'a reçue, sont à présent si différens de ce qu'ils étoient alors, que toutes les circonstances pénibles qui l'accompagnoient doivent être oubliées. Vous devez prendre un peu de ma philosophie, il ne faut songer au passé que lorsque le souvenir en est agréable.

— Vous vous vantez-là d'une philosophie que vous n'avez point; vos souvenirs doivent être dépourvus de remords, il n'en est pas de même pour moi; je dois avoir de pénibles réminiscences, que je ne puis ni ne dois repousser. J'ai été toute ma vie un être égoiste, sinon par sentiment et par principes, du moins par l'habitude et par le fait. Lorsque j'étois enfant on ne m'a jamais appris à corriger mon caractère, et si l'on me donna des bons principes je les suivis avec orgueil. Malheureusement j'étois fils unique, (et pendant plusieurs années seul enfant) Je fus gâté par mes parens, qui quoique bons eux-mêmes, me laissèrent devenir un être vain et insupportable. Je concentrai toutes mes affections dans le cercle étroit de ma famille, ayant mauvaise opinion du reste du monde, et me croyant supérieur, soit pour le jugement soit pour le rang, à tout ce qui n'étoit pas de mes relations intimes. Voilà ce que j'ai été jusqu'à l'âge de vingt huit ans, et ce que j'aurois toujours été sans vous, ma chère, mon aimable Elisabeth! Que ne vous dois-je pas? Vous m'avez donné une cruelle leçon, vous m'avez justement humilié, je m'offris à vous plein de confiance et n'ayant pas imaginé que vous pourriez me refuser. Vous me prouvâtes combien tous mes prétendus avantages étoient insuffisans pour plaire à une femme véritablement digne d'être aimée.

— Vous étiez donc parfaitement sûr que j'accepterais votre main?

— Oui, que penserez-vous de ma vanité, si je vous dis que je vous croyois impatiente de recevoir ma déclaration?

— Ma manière d'être vous avait jeté dans l'erreur; mais c'était sans intention, je vous assure ; je me suis conduite avec légèreté et inconséquence ; combien vous avez dû me haïr après cette soirée !

— Vous haïr ! je fus fâché au premier moment, mais ma colère se tourna bien promptement contre moi-même.

— J'ose à peine vous demander ce que vous pensâtes lorsque nous nous rencontrâmes à Pemberley? Ne me blâmâtes-vous pas d'y être allée?

— Non, en vérité, je n'éprouvois que de la surprise.

— Votre surprise ne pouvoit pas être plus grande que la mienne. Lorsque vous m'abordâtes, ma conscience me disoit que je ne méritois pas un accueil si poli, et j'avoue que je ne m'attendois point à vous trouver si généreux!

— Mon but, répondit Darcy, étoit de vous prouver que je n'avois pas assez de petitesse dans l'esprit pour conserver du ressentiment sur le passé. J'espérois me faire pardonner ma grossièreté et changer un peu l'opinion que vous aviez de moi, en vous laissant voir que vos reproches n'avoient pas été inutiles. Je ne puis vous dire tous les sentimens et toutes les espérances qui se ranimèrent alors dans mon cœur!

Il lui raconta ensuite quel plaisir Georgina avoit eu à faire sa connoissance et quel chagrin elle avoit éprouvé de son départ si précipité. Il lui dit aussi qu'avant de sortir de l'auberge, il avoit déjà formé le projet de quitter aussitôt le Derbyshire pour aller à la poursuite de Lydie, et que c'étoit ce qui lui avoit donné l'air sérieux et préoccupé qu'il avoit en la quittant.

Elle lui exprima de nouveau sa reconnoissance; mais c'étoit un sujet trop pénible à tous deux pour s'y arrêter longtemps. Ils firent ainsi plusieurs milles sans s'apercevoir que le temps s'écouloit, et furent assez étonnés de voir qu'il étoit fort tard et qu'ils devaient retourner à la maison.

Que sont devenus Jane et Mr. Bingley? fut une exclamation qui les amena à en parler. Darcy avoit été charmé du mariage de son ami, qui le lui avoit confié à l'instant où il avoit été conclu.

— N'avez-vous pas été bien surpris? dit Elisabeth.

— Non, pas du tout, je m'y attendois lorsque je suis parti.

— C'est-à-dire que vous aviez donné votre consentement!

Quoiqu'il se récriât sur le terme qu'elle employoit, elle vit bien cependant qu'elle ne s'éloignoit pas de la vérité.

— La veille du jour où je devois partir, reprit Darcy, je fis à Bingley un aveu que j'aurois dû lui faire long-temps auparavant. Je lui racontai la part absurde et impertinente que j'avois prise autrefois à ce qui le concernoit ; sa surprise fut extrême, il n'en avoit jamais eu le plus léger soupçon. Je lui dis surtout à quel point je croyois m'être trompé en supposant que votre sœur étoit indifférente à sa tendresse, et comme je voyois bien que son attachement pour elle n'étoit point altéré, je n'eus plus aucun doute sur le bonheur que ce mariage pouvoit leur promettre.

Elisabeth ne pouvoit s'empêcher de sourire de la facilité avec laquelle il conduisoit son ami.

— Parliez-vous d'après vos propres observations, reprit-elle, lorsque vous lui dites que ma sœur l'aimoit, ou seulement d'après ce que je vous avois appris dans le comté de Kent?

— D'après ce que j'avois vu ; je l'avois fort observée dans les deux dernières visites que j'ai faites ici, et je m'étois bien convaincu qu'elle l'aimoit tendrement.

— Et je pense que l'assurance que vous lui en donnâtes ne lui laissa plus aucun doute.

— Oui, Bingley est l'homme le plus essentiellement modeste que je connoisse, sa défiance de lui-même l'avoit empêché de s'en remettre à son propre jugement dans une affaire aussi délicate, la confiance qu'il avoit en moi a fait le reste.

Elisabeth ne pouvoit s'empêcher de penser que M. Bingley étoit l'ami le plus commode qu'on pût avoir, et que la facilité avec laquelle on le conduisoit devoit le rendre d'un prix inestimable comme époux;

mais elle se souvint que Mr. Darcy n'avoit pas été accoutumé à la plaisanterie, elle se tut, pensant que ce seroit commencer de trop bonne heure. Ils arrivèrent à la maison, en s'entretenant du bonheur de Bingley, que Mr. Darcy trouvoit bien inférieur au sien.

CHAPITRE X.

Ma chère Lizzy, où avez-vous donc été vous promener ? fut la question que Jane fit à Elisabeth lorsqu'elle entra dans la chambre, et que chacun lui répéta lorsqu'on se réunit pour dîner ; elle ne savoit que répondre, sinon qu'ils avoient promené sans trop savoir où ; elle rougit en disant cela, mais ni son embarras ni sa rougeur, ne donnèrent de soupçons à personne.

La soirée se passa fort tranquillement ; les amans reconnus parloient et rioient ensemble ; les inconnus gardoient le silence. Darcy n'étoit pas d'un caractère auquel le bonheur inspire une joie bruyante ; et Élisabeth, agitée et confuse, savoit qu'elle étoit heureuse plus qu'elle ne l'éprouvoit encore. Car, outre l'embarras du moment, elle étoit inquiète de la manière dont son mariage seroit reçu dans sa famille. Elle savoit bien qu'il n'y avoit que Jane qui rendît justice à Mr. Darcy ; tous les autres avoient pour lui un tel éloignement, qu'elle craignoit que son rang et sa fortune ne pussent pas même le dissiper.

Enfin, le soir, lorsqu'elles furent seules, elle ouvrit son cœur à Jane. Quoique le caractère de cette dernière fût éloigné de toute défiance, elle montra dans cette occasion une extrême incrédulité.

— Vous plaisantez, Lizzy, cela ne peut pas être ; vous, engagée avec Mr. Darcy ! non, vous me trompez, cela est impossible !

— C'est un bien triste début ! Toute mon espérance reposoit en vous ! Si vous ne voulez pas ajouter foi à ce que je vous dis, qui me croira? Oui, je parle sérieusement, je dis la vérité; il m'aime toujours, et nous sommes promis.

Jane la regardoit avec étonnement, et doutoit encore; dites-moi, Lizzy, comment voulez vous que je le croie, je sais que vous le détestiez !

— Tout est oublié; je ne l'ai peut-être pas toujours autant aimé qu'à présent; mais, dans une occasion comme celle-ci, une mémoire fidèle est une chose odieuse, et c'est la dernière fois que je veux me souvenir de moi-même.

Miss Bennet la regardoit encore avec une surprise extrême, et Elisabeth protestoit toujours qu'elle disoit la vérité.

—Bon Dieu, cela peut-il être ! Cependant je dois vous croire. Lizzy, ma chère Lizzy ! je vous félicite; mais êtes-vous bien sûre, pardonnez cette question, êtes-vous bien sûre que vous l'aimez? que vous serez heureuse avec lui?

— Oh! je n'en doute pas! et il est déjà bien convenu entre nous, que nous sommes le couple le plus heureux qu'on puisse voir. Mais êtes-vous contente, Jane ? Serez-vous bien aise de l'avoir pour frère ?

— Oh, excessivement! Rien ne pouvoit nous faire plus de plaisir à Bingley et à moi; nous en avons souvent parlé, mais nous regardions cela comme une chose impossible. Mais Lizzy, Lizzy, l'aimez-vous bien à présent ! Ne vous mariez pas sans amour ! Etes-vous bien sûre de l'aimer assez?

— Vous trouverez peut-être que je l'aime trop, lorsque je vous dirai tout.

— Que voulez-vous dire ?

— Je crains que vous ne soyez fâchée si je vous avoue que je crois l'aimer encore plus que vous n'aimez Bingley.

— Oh! ma sœur chérie, ne plaisantez plus, parlez sérieusement, apprenez-moi tout ; depuis quand l'aimez-vous?

— Cela est venu tellement par gradation, que je sais à peine quand cela a commencé ; mais je crois que je puis dater mon sentiment pour lui du moment où j'ai vu sa superbe terre de Pemberley.

Jane la supplia encore d'abandonner le ton de la plaisanterie. Elisabeth prit enfin sur elle de parler sérieusement, et parvint à persuader sa sœur de la vérité de son attachement pour Mr. Darcy.

— Maintenant, dit Jane, je n'ai plus rien à désirer, car vous serez aussi heureuse que moi ; j'ai toujours eu beaucoup d'estime pour lui, et l'amour qu'il éprouve ne peut que la confirmer. Désormais, comme votre époux et comme ami du mien, aucun homme ne peut m'être plus cher que lui, après Bingley lui-même. Mais, Lizzy, comment avez-vous pu être si réservée vis-à-vis de moi ? Comment ne m'avez-vous rien dit de ce qui s'étoit passé à Pemberley et à Lambton ? Tout ce que j'ai su, je l'ai su par d'autres que par vous.

Elisabeth lui dit alors le motif qu'elle avoit eu de garder le silence. Ne voulant pas parler de Bingley, elle avoit craint dans son inquiétude, de prononcer le nom même de son ami. Elle lui raconta aussi la part que Mr. Darcy avoit eue au mariage de Lydie, et la moitié de la nuit se passa dans cette conversation.

— Bon Dieu ! s'écria Mistriss Bennet qui étoit à la fenêtre le lendemain matin, voilà encore cet ennuyeux Mr. Darcy qui vient avec notre cher Bingley ! A quoi pense-t-il donc de venir si souvent ici ! Il devroit bien aller à la chasse, ou faire toute autre chose, plutôt que de nous fatiguer constamment de sa désagréable société. Que ferons-nous de lui ? Lizzy, il faut que vous alliez encore vous promener avec lui. Il ne faut pas qu'il soit toujours aux côtés de Bingley.

Elisabeth put à peine s'empêcher de rire de l'arrangement que faisoit sa mère, et qui venoit si fort à-propos. Elle étoit cependant fâchée des épithètes qu'elle lui avoit données.

En entrant, Bingley lui serra la main et la regarda avec une expression telle, qu'elle ne put pas douter que Mr. Darcy ne lui eût fait part de ce qui s'étoit passé la veille.

— Mistriss Bennet, dit-il tout haut, n'avez-vous plus de grands chemins dans vos environs où Lizzy puisse encore se perdre, comme hier?

— Je conseille à Mr. Darcy, à Lizzy et à Kitty, dit Mistriss Bennet, d'aller promener du côté de Oakham-Mount, ce matin; c'est une très-longue et très jolie promenade, Mr. Darcy ne la connoît pas.

— C'est très-bien pour lui, reprit Mr. Bingley, mais je suis sûr que ce sera trop long pour Kitty. N'est-ce pas, Kitty?

Kitty avoua qu'elle préféroit rester à la maison. Darcy témoigna la plus vive curiosité de connoître cette jolie promenade, et Elisabeth consentit à la lui faire faire. Comme elle montoit à sa chambre pour prendre son chapeau, Mistriss Bennet la suivit en disant :

— Je suis bien fâchée, Lizzy, que vous soyez obligée de vous charger toute seule de cet ennuyeux personnage, mais j'espère que vous ne vous en inquiéterez pas trop; c'est pour en débarrasser Jane. Il n'y a pas besoin de lui parler constamment, un mot de temps à autre seulement, cela suffit ; ainsi, ne vous en tourmentez pas trop.

Ils convinrent pendant leur promenade que Mr. Darcy demanderoit le soir même, le consentement de Mr. Bennet. Elisabeth se réserva de demander celui de sa mère. Elle doutoit quelquefois que la richesse et le rang de Mr. Darcy fussent suffisans pour lui faire surmonter l'aversion qu'elle avoit pour lui. Mais, soit que ce mariage lui fît beaucoup de peine, soit qu'il lui fût agréable, il n'en étoit pas moins certain que sa manière d'en exprimer son sentiment ne feroit pas honneur à son jugement, et Elisabeth préféroit que Mr. Darcy ne fût pas là dans le premier moment.

Lorsque Mr. Bennet se fut retiré après le thé dans sa bibliothèque, Mr. Darcy se leva et l'y suivit. Elisabeth fut alors saisie d'une extrême émotion; elle ne craignoit point d'opposition de la part de son père, mais elle éprouvoit un vif chagrin en pensant qu'elle, sa fille favorite, alloit peut-être l'affliger par son choix et le rendre malheureux en disposant ainsi d'elle-même. Elle fut dans cette anxiété jusqu'au moment où elle vit revenir Mr. Darcy. Il sourioit; peu de minutes après il s'approcha d'elle, sous prétexte de regarder son ouvrage, et lui dit tout bas : — Allez vers votre père, il vous attend dans sa bibliothèque..... Elle y alla tout de suite.

Mr. Bennet se promenoit dans sa chambre, d'un air inquiet et agité. — Lizzy, lui dit-il, que faites-vous ? Êtes-vous dans votre bon sens en acceptant la main de cet homme ? Ne l'avez-vous pas toujours détesté ?

Combien elle regrettoit alors que ses premières opinions n'eussent pas été plus raisonnables et ses expressions plus modérées ! Elles lui auroient épargné des explications et des protestations très-embarrassantes, et cependant absolument nécessaires. Elle assura son père, non sans un peu de confusion, qu'elle aimoit beaucoup Mr. Darcy.

— Oui, ou en d'autres termes, reprit-il, vous êtes décidée à l'épouser ? Il est fort riche et vous aurez certainement de plus belles robes et de plus beaux équipages que Jane ; mais vous rendront-ils heureuse ?

— N'avez-vous pas d'autres objections à faire que celle de mon indifférence ? dit Elisabeth.

— Non, aucune. Nous le connoissons pour être fier et peu aimable ; mais cela ne fait rien, si vous l'aimez.

— Oui, je l'aime, répondit-elle les larmes aux yeux. Son orgueil n'est pas indomptable, il est parfaitement aimable. Vous ne savez pas ce qu'il vaut dans le fond. Je vous en supplie, ne m'affligez pas en me parlant de lui de cette manière.

— Lizzy, reprit son père, je lui ai donné mon consentement. C'est un homme à qui en vérité je n'oserai jamais rien refuser de ce qu'il aura la bonté de me demander. A présent je vous le donne aussi, si vous êtes résolue à l'épouser ; mais permettez-moi de vous conseiller d'y réfléchir encore. Je connois bien votre caractère, Lizzy ; je sais que vous ne serez jamais heureuse si vous n'estimez pas votre mari, si vous ne le regardez pas comme un être supérieur. La vivacité de votre esprit vous mettra dans le plus grand danger, si vous faites un mariage inégal. Vous n'échapperez point à la honte et au malheur, si vous ne pouvez pas respecter le compagnon de votre vie ! Ah ! ne me donnez pas ce chagrin, mon enfant ! Vous ne savez pas tout ce que vous êtes, vous ne vous appréciez pas à votre juste valeur !

Elisabeth, encore plus émue, fut alors plus positive et plus solennelle dans ses réponses. Elle réussit enfin à persuader à son père, que Mr. Darcy étoit bien véritablement l'objet de son choix et de sa tendresse, en lui expliquant le changement graduel qu'avoient subi ses sentimens pour lui, et en lui prouvant que son amour ne datoit pas d'un jour, mais de plusieurs mois. Elle parvint ainsi, en découvrant toutes les bonnes qualités de Darcy, à vaincre l'incrédulité de son père et à le réconcilier avec l'idée de cette union.

— Eh bien! ma chère, dit-il, lorsqu'elle eut cessé de parler, je n'ai plus rien à vous dire; s'il en est ainsi, il mérite de vous obtenir. Je n'aurois jamais pu me séparer de ma Lizzy pour l'accorder à un homme qui n'en auroit pas été digne.

Alors, pour augmenter encore l'impression favorable qu'il venoit de recevoir, elle lui dit tout ce que Mr. Darcy avoit fait pour Lydie. Il l'écoutoit avec étonnement.

— En vérité, c'est une journée de miracles que celle-ci! Et c'est Mr. Darcy qui a fait tout cela! Il a fait le mariage, il a donné l'argent, il a payé les dettes, acheté la commission ! Tant mieux, cela m'évite beaucoup de dépenses et de peines ! Si c'eût été votre oncle, j'aurois voulu et j'aurois dû le rembourser. Mais ces jeunes amans sont ardens, et il faut leur laisser faire les choses comme ils l'entendent. Demain je lui offrirai de le payer, je lui dirai même que je le veux : il se fâchera, tempêtera, parlera de son amour ; il faudra bien céder, et tout sera fini.

Il se souvint alors de l'embarras qu'elle avoit dû éprouver quelques jours auparavant pendant qu'il lui lisoit la lettre de Mr. Collins ; et après l'avoir un peu plaisantée, il lui permit de s'en aller, en lui disant lorsqu'elle quitta la chambre :

— S'il y avoit encore quelques jeunes gens qui voulussent se présenter pour Mary ou pour Kitty, vous pouvez me les envoyer pendant que je suis bien disposé.

Le cœur d'Elisabeth étoit maintenant déchargé d'un grand poids. Après avoir passé une demi-heure dans sa chambre à réfléchir et à calmer son agitation, elle put rejoindre les autres avec un air serein. Tout cela étoit trop récent pour permettre la gaieté, mais la soirée s'écoula paisiblement.

Lorsque Mistriss Bennet se retira dans sa chambre pour se coucher, Elisabeth la suivit et lui fit l'importante communication de la demande de Mr. Darcy. Elle produisit un effet très-extraordinaire. Mistriss Bennet ne l'eut pas plutôt entendue, qu'elle s'assit, incapable de se soutenir et de proférer une syllabe. Elle resta pendant cinq minutes sans pouvoir comprendre ce qu'elle entendoit, quoiqu'elle fût très-prompte ordinairement à saisir tout ce qui pouvoit être à l'avantage de ses filles, surtout quand il étoit question de mariage. Elle commença enfin à reprendre l'usage de ses facultés et à s'agiter sur sa chaise ; elle se leva, se rassit, se releva, puis enfin éclata en bénédictions sur elle-même.

— Grand Dieu ! Que le Seigneur me bénisse ! Qui auroit pu l'imaginer ! Que je suis heureuse ! Mr. Darcy ! qui auroit pu le croire ? Est-ce bien vrai ? Oh, ma chère Lizzy, que vous serez riche, que vous serez noble ! Que d'argent, que de bijoux, que d'équipages vous aurez ! Ceux de Jane ne seront rien à côté ! rien du tout ! Je suis si contente, si heureuse ! C'est un charmant homme, si beau, l'air si noble ! Oh ma bien-aimée Lizzy ! pardonnez-moi de l'avoir détesté si long-temps. J'espère qu'il ne m'en voudra pas ! Chère, chère Lizzy ! Une maison à la ville, une superbe terre, tout ce qui est agréable ! Trois filles mariées ! Dix mille livres par an ! Oh ! Seigneur, que deviendrai-je ? j'en serai folle !

C'étoit assez pour qu'on ne pût pas douter de son consentement, et Elisabeth la quitta bientôt, se réjouissant qu'une telle effusion de joie n'eut pas eu d'autres témoins qu'elle. Mais il n'y avoit pas trois minutes qu'elle étoit dans sa chambre, que sa mère l'y suivit.

— Mon plus cher enfant, s'écrioit-elle, je ne puis penser à autre chose ! Dix mille livres par an, et peut-être même d'avantage ! C'est un aussi bon parti qu'un Lord, et vous serez mariés par une licence particulière, ce sera délicieux ! Mais, mon cher enfant, dites-moi quel est le plat que Mr. Darcy aime de prédilection, je voudrois le faire faire demain pour le dîner.

C'étoit un triste présage de ce que seroit la conduite de sa mère vis-à-vis de Mr. Darcy; Elisabeth sentit que, malgré qu'elle fût sûre de posséder son cœur et qu'elle eût le consentement de ses parens, elle avoit encore quelque chose à désirer. Le lendemain matin se passa cependant mieux qu'elle n'auroit osé l'espérer. Mistriss Bennet étoit heureusement si intimidée en présence de son futur gendre, qu'elle n'osoit pas lui parler, à moins que ce ne fût pour lui montrer la déférence qu'elle avoit pour ses opinions. Elisabeth eut la satisfaction de voir que son père prenoit de la peine pour faire connoissance avec Mr. Darcy, et il avoua qu'il gagnoit beaucoup à être connu.

— J'admire extrêmement mes trois gendres, disoit-il ; j'avoue que Wikam est toujours mon favori ; mais, Lizzy, je crois bien que je finirai par aimer votre mari autant que celui de Jane.

CHAPITRE XI.

L'esprit d'Elisabeth reprit bientôt son enjouement. Elle voulut que Mr. Darcy lui expliquât comment il étoit devenu amoureux d'elle. — Je comprends très-bien que vous ayez continué; mais qu'est-ce qui vous a d'abord charmé en moi ?

— Je ne saurois fixer ni l'heure, ni la place, ni l'expression, ni les paroles qui commencèrent à me séduire; il y a trop long-temps que je vous aime, et j'étois déjà passionné avant que je me fusse aperçu que vous me plaisiez.

— Vous avez franchement nié que je fusse jolie, et mes manières devoient vous être peu agréables, puisque j'avois presque toujours le désir de vous blesser au moins légèrement. A présent, soyez sincère, avouez que vous avez commencé à être séduit par mon impertinence !

— Par la vivacité de votre esprit.

— Appelez la seulement impertinence, j'en étois toujours si près ! Le fait est que vous étiez blazé, à force de politesses, de déférences, de prévenances; vous étiez ennuyé de voir toujours des femmes uniquement occupées à rechercher votre approbation. Je vous réveillai de votre apathie et je vous amusai, parce que je ne leur ressemblois point. Si vous n'aviez pas été vraiment bon, vous m'auriez haïe; mais, en dépit de la peine que vous preniez pour vous tromper vous-même, vos sentimens étoient trop nobles, trop élevés pour ne pas mépriser ceux qui vous flattoient et vous faisoient une cour aussi assidue. Eh bien ! n'est-ce pas cela ? Je vous ai épargné la peine de le dire. Je commence à croire que ce n'est que ce contraste qui vous a attaché à moi, car encore à l'heure qu'il est vous n'avez aucune raison d'avoir une bonne opinion de moi : mais qui est-ce qui va penser à cela quand on est amoureux ?

— N'y avoit-il donc rien de louable, d'intéressant dans votre conduite vis-à-vis de votre sœur, pendant qu'elle étoit à Netherfield ?

— Chère Jane ! auroit-on pu faire moins pour elle ? Mais érigez tout en vertu chez moi, si vous le voulez; mes bonnes qualités sont sous votre protection, et vous devez chercher à les exagérer autant que possible ; en retour, je vous promets de chercher toutes les occasions de vous tourmenter et de vous contredire. Pour commencer, je vous demanderai pourquoi vous étiez si peu empressé d'arriver à la conclusion? Qu'est-ce qui vous rendoit si froid, si réservé lorsque vous vîntes ici faire visite? Pourquoi aviez-vous l'air de ne point vous occuper de moi ?

— Parce que vous étiez sérieuse et taciturne, et que vous ne m'encouragiez point du tout.

— Mais j'étois embarrassée.

— Et moi aussi.

— Vous auriez pu me parler davantage le jour que vous vîntes dîner ici.

— Je l'aurois fait si j'avois senti moins vivement.

— Qu'il est malheureux que vous ayez toujours une réponse satisfaisante à me faire, et que je sois assez raisonnable pour l'admettre ! Mais je voudrois savoir combien de temps vous auriez pu continuer ainsi, si vous aviez été laissé à vous-même ? Je voudrois savoir quand vous auriez parlé, si je n'avois pas commencé ? La ferme résolution que j'avois prise de vous remercier des bontés que vous avez eues pour Lydie, a eu beaucoup d'effet, trop peut-être je le crains ! Car que deviendroit la morale, si notre félicité devoit naître d'une promesse enfreinte, d'une parole trahie ! Je n'aurois pas dû être instruite de cette affaire-là, et alors ? tout le reste ne seroit pas arrivé.

— Ne vous affligez pas, ma chère Elisabeth, il y a moyen de tout arranger ; la morale sera parfaitement hors d'atteinte. Les efforts impertinens de Lady Catherine pour nous séparer ont justement détruit tous mes doutes, et ce n'est point à cette parole trahie, à votre empressement de me témoigner votre reconnoissance, que je dois mon bonheur actuel. Ce que ma tante m'avoit appris, avoit ranimé toutes mes espérances, et j'étois décidé à parler.

— Ainsi, Lady Catherine nous a rendu un grand service ; cela doit lui faire bien plaisir, car elle aime beaucoup à être utile aux autres. Mais dites-moi, aurez-vous le courage d'annoncer à Lady Catherine le succès qu'ont eu ses efforts pour nous faire renoncer l'un à l'autre ?

— Pouvez-vous en douter ? Si vous voulez me donner une feuille de papier, je le ferai tout de suite, pour ne pas la laisser plus long-temps dans l'inquiétude.

— Ah ! si je n'avois pas moi-même une lettre à écrire, je pourrois m'asseoir à côté de vous, et admirer l'égalité de votre écriture, la régularité de vos lignes, comme le faisoit jadis une jeune dame. Mais j'ai aussi une tante et je ne dois pas la négliger.

Elisabeth n'avoit point encore répondu à la longue lettre de Mistriss Gardiner. Elle avoit senti qu'elle devoit détruire les espérances que son oncle et sa tante paroissoient avoir conçues pour elle; et elle n'avoit pas eu le courage de leur dire que probablement Mr. Darcy et elle seroient toujours étrangers l'un à l'autre : mais à présent qu'elle pouvoit leur apprendre le contraire, et leur communiquer une nouvelle qui les rendroit si heureux, elle se reprocha d'avoir déjà perdu trois jours, et leur écrivit tout de suite ce qui suit :

« Je vous aurois remercié plutôt, ma chère tante, de votre bonne et longue lettre et de tous les détails qu'elle renferme, mais, s'il faut avouer la vérité, j'étois trop affligée pour écrire. Vous supposiez plus qu'il n'existoit alors. A présent supposez tout ce que vous voudrez, donnez un libre essor à votre imagination ; que vos souhaits sur ce sujet-là ne connoissent plus de bornes. A moins que de me croire déjà mariée, vous ne pouvez pas vous tromper beaucoup. Vous êtes tenue de m'écrire très-incessamment, et de faire encore plus son éloge que vous ne l'avez fait dans votre dernière lettre. Je vous remercie surtout de n'avoir pas été aux Lacs; comment étois-je assez sotte pour le désirer! Votre idée des petits chevaux et du petit phaëton, est charmante; nous ferons tous les jours le tour du parc. Je suis la plus heureuse créature du monde! Bien d'autres l'ont dit avant moi, mais je suis persuadée que je le dis avec plus de fondement qu'eux. Je suis plus heureuse même que Jane! Elle sourit seulement, et moi je ris. Mr. Darcy vous envoie toutes les tendresses possibles, au moins celles que je veux bien lui laisser. Je vous attends tous à Pemberley à Noël.

» Votre, etc. »

La lettre de M. Darcy à Lady Catherine étoit d'un style bien différent; et celle que Mr. Bennet écrivit à Mr. Collins en réponse à sa dernière, ne ressembloit point non plus aux deux dont nous venons de parler.

« Mon cher Monsieur,

Je dois vous importuner encore, pour vous demander de nouvelles félicitations. Ma fille Elisabeth sera bientôt la femme de Mr. Darcy. Consolez Lady Catherine de votre mieux; mais si j'étois vous je m'attacherois à son neveu, il a plus de bénéfices à conférer.

Votre très-sincère, etc. etc. »

Les félicitations que Miss Bingley fit à son frère sur son prochain mariage, furent aussi tendres que peu sincères, elle écrivit aussi à Jane, à cette occasion, pour lui exprimer toute sa joie, et lui renouveler ses anciennes protestations d'amitié. Jane n'y fut point trompée; cependant elle en fut émue, et quoiqu'elle ne compta point sur elle; elle ne put s'empêcher de lui répondre d'une manière beaucoup plus aimable qu'elle ne le méritoit.

La joie que Miss Darcy témoigna, en

recevant la nouvelle du mariage de son frère, fut aussi sincère que celle qu'il éprouva en le lui écrivant ; les quatre pages suffisoient à peine pour contenir ses transports et tous ses souhaits d'être aimée de sa nouvelle sœur.

Avant qu'on eut en le temps de recevoir la réponse de Mr. Collins et les félicitations de sa femme ; on apprit qu'ils alloient arriver à Lucas Lodge ; la raison de cette arrivée subite étoit évidente. Lady Catherine étoit si irritée du contenu de la lettre de son neveu, que Charlotte, qui étoit vraiment contente du mariage de son amie, avoit désiré s'absenter jusqu'à ce que l'orage fut calmé. Elisabeth se fit un véritable plaisir de revoir Charlotte, quoique dans les momens où elles étoient réunies, elle trouvoit quelquefois que cette jouissance étoit chèrement achetée, en voyant Mr. Darcy exposé à la fastueuse et importune politesse de Mr. Collins. Il la supportoit cependant avec un calme admirable; il écoutoit avec la même patience sir Williams Lucas, qui le félicitoit de ce qu'il s'étoit emparé du bijou le plus précieux du pays, et qui exprimoit le désir de le rencontrer souvent à St.-James; si Mr. Darcy prenoit la liberté d'en rire, ce n'étoit jamais qu'après le départ de Sir Williams.

La trivialité et les manières communes de Mistriss Phillips lui étoient bien plus désagréables encore ; quoiqu'elle fût, ainsi que Mistriss Bennet, beaucoup trop intimidée en sa présence pour parler avec la familiarité que la gaieté et la simplicité de Bingley encourageoient. Elisabeth s'efforçoit continuellement de mettre Mr. Darcy à l'abri des prévenances de l'une et de l'autre, et cherchoit toujours à le rapprocher et à le placer presque sous la protection des membres de sa famille avec lesquels il pouvoit faire la conversation sans éprouver de mortification. Si tant de petits désagrémens diminuoient beaucoup les plaisirs des momens qui précédèrent le mariage ; ils augmentoient les espérances de l'avenir, et elle pensoit avec délice au moment où elle quitteroit une société si peu agréable, pour aller à Pemberley jouir de toute la douceur d'une réunion de famille mieux choisie.

CONCLUSION.

Le jour où Mistriss Bennet se vit privée de ses deux plus aimables filles, fut un jour de bonheur sans mélange pour elle. On ne peut imaginer avec quel orgueil elle parloit de Mistriss Darcy et alloit faire visite à Mistriss Bingley. J'aurois voulu pouvoir dire, pour le bonheur de sa famille, que l'accomplissement de ses souhaits les plus ardens, le mariage de trois de ses filles, avoit eu l'heureux effet de la rendre durant le reste de ses jours une femme bonne, bienveillante et plus sage. Mais il convenoit à son époux (qui n'auroit peut-être pas su apprécier un bonheur domestique d'un genre si nouveau,) qu'elle fut encore quelquefois nerveuse et toujours ridicule.

Mr. Bennet regrettoit extrêmement sa fille seconde, et son désir de la voir le conduisit souvent à Pemberley. Mr. Bingley et Jane ne passèrent qu'une année à Netherfield ; ils achetèrent une terre dans un comté voisin du Derbyshire, et Jane et Elisabeth eurent le bonheur de se voir établies à trente milles seulement l'une de l'autre.

Kitty, fort heureusement pour elle, passoit la plus grande partie de son temps chez ses deux sœurs aînées; elle fit beaucoup de progrès dans une société si supérieure à celle où elle avoit été élevée jusqu'alors. Elle n'étoit pas d'un caractère si indomptable que Lydie, et n'ayant plus son exemple sous les yeux, elle devint, après beaucoup de ménagemens et de soins de la part de ses sœurs, moins irritable, moins ignorante et moins ennuyeuse. On la tint soigneusement éloignée de la société de Lydie, qui ne pouvoit lui être que désavantageuse; et quoique Mistriss Wikam l'invitât souvent à aller demeurer chez elle, en lui prémettant beaucoup de bals et d'adorateurs, son père ne voulut jamais y consentir.

Mary fut la seule qui restât toujours à la maison ; l'aversion de Mistriss Bennet pour la solitude la détournoit souvent de ses études ; elle fut obligée de voir plus de monde. Elle moralisoit bien encore, mais comme l'absence de ses sœurs ne permettoit plus qu'on fît des comparaisons désavantageuses pour elle et pour sa beauté, son père soupçonna qu'elle se soumettoit à ce changement sans trop de répugnance.

Quant à Wikam et à Lydie, le mariage de leurs sœurs n'apporta aucun changement dans leur manière d'être. Le premier supporta avec philosophie l'idée qu'Elisabeth devoit maintenant connoître toute l'étendue de sa fausseté et de son hypocrisie, et il ne désespéra point que l'on ne pût encore engager Mr. Darcy à faire sa fortune. La lettre de félicitations qu'Elisabeth reçut de Lydie lui prouva qu'il conservoit l'espérance qu'elle le protégeroit encore ; pour sa femme au moins, si ce n'étoit pour lui.

Cette lettre étoit conçue en ces termes:

« Ma chère Lizzy,

» Je vous souhaite beaucoup de bonheur. Si vous aimez Mr. Darcy autant que j'aime mon cher Wikam, vous serez fort heureuse. C'est un grand soulagement pour nous de vous savoir aussi riche, lorsque vous n'aurez rien de mieux à faire, vous penserez à nous. Je suis sûre que Wikam aimeroit beaucoup avoir une place à la cour, et je ne crois pas que nous ayons assez d'argent pour pouvoir y vivre sans quelques secours. Une place de trois ou quatre cents livres lui conviendroit ; mais cependant n'en parlez pas à Mr. Darcy, si cela ne vous plaît pas.

» Votre affectionnée sœur,
» LYDIE WIKAM. »

Comme elle le disoit, cela ne plut pas

à Elisabeth qui, dans sa réponse, tâcha de mettre un terme à toutes demandes et espérances de cette espèce. Cependant elle leur envoyoit tous les secours qu'il étoit en son pouvoir de donner, en mettant beaucoup d'économie dans ses dépenses particulières. Elle avoit toujours été convaincue qu'un revenu comme le leur ne pouvoit suffire à l'entretien de deux êtres aussi imprévoyans et aussi peu modérés dans leurs besoins. Chaque fois qu'ils changeoient de garnison, on pouvoit être sûr qu'ils s'adresseroient à elle ou à Jane pour les aider à acquitter leurs dettes ; et lorsque la paix les renvoya chez eux, ils vécurent d'une manière fort peu stable. Ils alloient constamment d'un endroit à l'autre, cherchant toujours un lieu où la vie fût peu coûteuse, et dépensant toujours plus qu'ils n'avoient. La tendresse de Wikam pour sa femme se changea bientôt en indifférence. Celle de Lydie pour son mari dura un peu plus long-temps ; mais, malgré sa jeunesse et son étourderie, elle conserva cependant tous ses droits à une bonne réputation.

Quoique Darcy ne voulût jamais recevoir Wikam à Pemberley, il fit cependant tout ce qu'il put pour l'aider à s'avancer dans la carrière qu'il avoit embrassée. Lydie venoit quelquefois leur faire visite, pendant que son mari alloit se divertir à Londres et à Bath. Mais ils alloient si souvent tous les deux demeurer chez Bingley, que la bonne humeur même de ce dernier en étoit quelquefois altérée ; un jour il alla jusqu'à dire qu'il vouloit leur insinuer de ne pas revenir de quelque temps.

Miss Bingley fut extrêmement désappointée du mariage de Mr. Darcy ; mais comme elle vouloit conserver le droit d'aller souvent à Pemberley, elle abandonna toute rancune. Elle étoit plus passionnée que jamais pour Géorgina, presque aussi prévenante pour Darcy qu'auparavant, et alloit même jusqu'à payer ses arrérages de politesse à Elisabeth.

Pemberley étoit toujours le lieu de la résidence de Géorgina. L'attachement des deux belles-sœurs l'une pour l'autre fut tel que Darcy pouvoit l'espérer. Géorgina avoit la plus haute opinion d'Elisabeth, quoiqu'au premier moment elle éprouva un étonnement mêlé d'inquiétude de sa manière d'être vive et enjouée vis-à-vis de son frère, qui lui avoit toujours inspiré un respect presque plus grand que sa tendresse. Elle commença à s'apercevoir de bien des choses dont elle n'avoit jamais eu l'idée; elle comprit, en voyant Elisabeth, qu'une femme pouvoit avoir avec son mari une hardiesse et une liberté qu'un frère n'auroit jamais permises à une sœur plus jeune que lui de dix ans.

Lady Catherine fut indignée de ce mariage; en répondant à son neveu, elle donna l'essor à toute la franchise de son caractère, et tint un langage fort déplacé sur le compte d'Elisabeth. Toute communication entre eux fut interrompue Mr. Darcy, à la prière de sa femme, pendant quelque temps ; mais enfin voulut bien oublier cette offense et rechercher une réconciliation. Après quelque résistance de la part de sa tante, son ressentiment fit place ou à sa tendresse pour lui, on à la curiosité de voir comment sa femme se conduisoit ; et elle condescendit à aller à Pemberley, malgré le déshonneur qu'avoient reçu les bois de ce bel endroit, soit par la présence d'une telle maîtresse, soit par les visites de gens qui demeuroient dans la cité.

Darcy et Elisabeth furent toujours intimement liés avec les Gardiner, ils se souvenoient que c'étoient eux qui, en venant dans le Derbyshire, avoient été les instrumens de leur bonheur.

FIN DU QUATRIÈME ET DERNIER VOLUME.

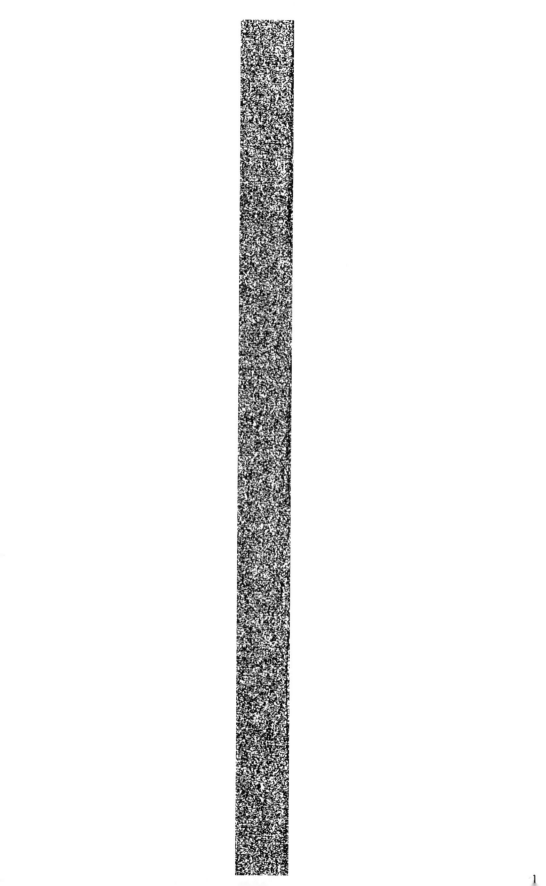

Printed in the USA
CPSIA information can be obtained
at www.ICGtesting.com
LVHW011624140224
771872LV00034B/412